아름다운 선물

아름다운 선물

수안 글·그림

문이당

당신이 있기에 행복합니다

날마다 해가 뜨고 또 집니다. 매일 보는 해, 매일 보는 달이지만 항상 같은 해가 아니고, 같은 달이 아닙니다. 모두가 어렵고, 힘들어하는 세상에서 산중 수행자가 할 수 있는 일은 많지 않습니다.

40여 년 동안 수행해 온 축서암에서 문수원으로 거처를 옮기며 기도했습니다.

'어려움을 극복할 수 있는 용기를, 힘든 현실을 넘어설 수 있는 지혜를, 육체의 질병과 고통 속에서 신음하는 사람들과 함계할 수 있는 자비심을 우리 모두에게 내려 주십시오. 민들레 홀씨처럼, 모든 사람들의 가슴 가슴마다 뿌리내리도록 해주십시오.'

어느 날 암자에 걸인들이 찾아왔습니다. 추운 겨울을 따뜻이 보내라며 내복 한 벌을 사 들고 왔습니다. 걸인에게 받은 아름다운 선물을 들고 방에 들어와 입었다 벗었다를 반복했습니다. 내 기도가 이루어지고 있다는 확신에 빙긋빙긋 혼자 웃었습니다.

지난해 겨울, 러시아 연해주미술관에서 만난 눈 푸른 여인이 말했습니다.

"스님 그림을 보고 있으니 희망이 생깁니다. 그동안 괴로워했던 인생의 문제가 스님 그림을 통해 어쩌면 웃음 한 번으로 풀릴 수도 있겠다는 생각이 듭니다."

그 여인의 말에, 듣는 사람이 오히려 희망을 갖게 됐습니다. 그렇게 희망을 주는 당신 때문에 참 행복합니다. 어쩌면 모든 사람들이 지금 그런 희망을 만나고 있을지도 모릅니다. 오랫동안 기다리고 그리워한 그분을 지금 만나고 있다고 생각하면 절로 미소가 지어집니다. 그 순간 실타래처럼 엉켜 있던 삶의 문제와 고민들이 풀릴 수도 있습니다.

이 책의 글과 그림은 그런 미소를 나누기 위해 모은 것입니다. 출가 전후의 성장 과정, 수좌로 정진하던 고행기, 시·서·화·각에 몰입해 온 예술 인생, 문수원에서 보내고 있는 최근 5년의 생활까지 두루 살펴보았습니다. 때마다 시를 쓰고 그림을 그리고 각을 했는데, 그 역시 수행의 일부이고 기도의 한 방편이라는 의미에서 모두 함께 엮었습니다.

세상이 급작스럽게 변하면서 많은 분들이 살아가고 적응하는 데

애를 먹고 있습니다. 곁에 의지할 수 있는 사람이 필요하고, 힘이 되는 인연을 간절히 원합니다.

그런데 사실은 당신이 그런 사람입니다. 누군가에게 의지가 되고, 누군가에게 희망을 주는 사람이 당신입니다. 이 책 속의 글과 그림들도 당신의 것입니다. 수안이 쓰고 그리고 엮었지만 그것을 보고 느낀 당신이 결국은 주인입니다.

이 글과 그림들이 세상의 모든 분들에게 새로운 희망과 용기를 주는 아름다운 선물이 되었으면 참 좋겠습니다.

2014년 2월
수안 합장

힘찬 에너지를 주는 시·서·화·각

주명덕(사진작가)

한국에서 시詩·서書·화畵·각刻에 통달한 종합 예술가는 희귀하다. 그 종합 예술에 수행을 겸하고 있는 선승이 수안 스님이다.

나는 오랫동안 한국의 절들을 찾아다니며 운명적 피사체들을 만나왔다. 수안 스님은 그 많은 피사체들 중에서도 특히 운명적이었다. 나이가 같고, 같은 시각적 예술에 종사하고 있으며, 자연 풍경을 응시하는 교감까지 닮은 점이 많다. 타인들의 말을 빌리면, 예민한 눈과 극과 극을 오가는 성격까지 닮았다고 한다.

수안 스님을 처음 만난 것은 1980년대 중반으로 기억된다. 처음 만났을 때 가장 먼저 눈빛의 예리함을 보았다. 잠시 뒤, 그 눈에서 호기심 가득한 아이의 눈이 보였다. 목소리는 카랑카랑하고 힘이 넘쳤다. 얼마 뒤 그 목소리에서 개구쟁이의 천진스러움이 들렸다.

스님은 사진에 대해서 궁금한 것이 많았다. 카메라의 이모저모를 살피며 눈으로 사물을 보는 것과 카메라로 보는 것의 차이를 탐구했다. 어느 해부터인가 직접 카메라를 들고 풍경을 스케치했다. 카메라 입문 초기부터 대상을 포착하는 눈과 기법, 구도가 프로다웠다. 오랫동안 그림을 그려 온 화가로서 그럴 만하다고 생각했다.

그러던 어느 날 카메라를 내게 넘겨주었다. 갑자기 카메라가 싫어졌다는 것이다. 20여 년 전 그렇게 카메라와 인연을 끊은 후 지금까지 눈길 한번 주지 않고 있다. 칼 같은 단호함이다. 자애로움과 단호함, 탐구심과 동심을 동시에 갖고 있는 수행자이자 예술가인 수안 스님. 그의 개인적 삶과 수행 세계, 예술 작품을 음미한다는 것은 그 자체로 흥미롭다.

수안 스님은 선禪적으로나 예藝적으로나 내공이 깊은 수행 예술가이다. 예술가는 노력으로 되는 영역이 아니다. 타고난 기질이 없으면 아무리 노력해도 예술을 이해하거나 분석할 수는 있을지언정, 예술가는 될 수 없다. 수안 스님에게 천부적인 재질이 있었는지 없었는지는 알 수 없지만 각고의 수련을 해온 것만은 분명하다.

수안 스님의 노력, 단련, 정진은 다른 예술가들에게 시사하는 바가 크다. 요즘은 이름만 전문가일 뿐 일가를 이루었다고 할 만한 이들이 많지 않다. 시각이 편협하거나 기예 자체에 매달리는 예술가들도 많다. 수안 스님은 예술의 장르를 넘나드는 수준을 넘어 일상의 세계를 연계하고 통찰하여 한 줄로 꿰어 내는 능력이 당대 최고라고 할 만하다. 우리 역사 속의 문사들이 정치, 경제 ,예술, 문학을 두루 꿰어 현실 사회에 반영했듯이 말이다.

　수안 스님의 예술적 소재는 종교적 수행, 자연에 대한 관조, 사회에 대한 연민이이라는 세 가지가 맞물려 있다. 스님의 그림에 자주 등장하는 소재는 학, 소나무, 꽃 등의 자연 세계, 부처님과 보살, 탑, 동자승, 우담바라 등의 구도적 세계, 사람과 집, 차, 노랫말 등 생활에 관한 것들이다. 표현 방식은 간결하면서도 강렬하다. 때로는 희화적으로 웃음 짓게 만들고, 때로는 정공법으로 가슴을 쾅 울리는 식이다.

　수안 스님의 그림 작업은 일반적인 화가들과 달리 '선화禪畫'적 기법으로 이루어진다. 경우에 따라서는 지극히 짧은 시간만으로도 작품이 탄생한다. 주먹으로 붓의 상단을 움켜쥐고 악필握筆로 그리는 스님의 한 획. 찰나의 획에는 엄청난 공력이 들어 있는데, 동양화, 특히 선묵화를 하는 이들이라면 누구나 부러워하는 기氣이다.

　오랜 세월 수련과 정진(단순히 기법 연마를 말하는 게 아닌 정신적 수행을 포함한 것)이 그 기를 만들어 낸 것이고, 전각가로서 다져진 공력도 한 축을 이루고 있다.

　동양 예술을 지칭할 때 흔히 시·서·화·각이라고 표현하는데, 스님의 예술은 각·화·서·시의 역순으로 이해하는 게 좋다. 스님의 예술은 각으로 출발해 시로 마감된다고 말할 수 있다. 스님은 전각의 고수이고, 전각의 근간은 한자이다. 전각은 갑골문자와 상형문자를 공부하지 않으면 안 된다. 즉 자연 사물에 대한 섬세한 관찰과 분석이 필수이고, 이를 토대로 핵심을 간결화하는 작업이 전각이다. 스님은 젊은 시절부터 불교 건축물의 조상彫像 작업을 하며 각을 몸으로 체화했고, 운여雲如 김광업金廣業 선생에게 깊이를 사사했다.

　스님이 평생 동안 해온 수많은 전각들은 함축含蓄과 세기細技의 아름다움이 무엇인지를 실감하게 해준다. 노년에 접어들면서 스님은 산문과 시로 응축해 표현하는 일을 즐기는 듯 보인다. 세상에 대한 깊은 관조로 빚은 시와 산문이 그림과 함께 절묘한 조화를 이루고 있는 것이다. 또한 스님은 그림을 생명의 가치, 우주의 신비, 일상의 아름다움들을 이해하기 쉽고 따뜻하고 편안하게 전하는 중간 수단으로 삼고 있다는 것이 내 시각이다.

　스님이 전달하려는 그림 속 메시지는 무엇일까? 먼저 '긍정적 에너지'를 들 수 있다. 예술의 두 가지 몫이라고 할 수 있는 '감동과 자혜'를 밝고 힘차게 주는 것이다. 최근에 열린 블라디보스토크 전시회에서 러시아인들이 "왠지 모르게 삶에 용기가 생긴다"라고 느낀 것은 그 때문이다. 우리 문화를 공부하지 않은 사람들조차 스님의 그림을 보고 힘을 얻고 있는 것이다. 스님의 그림에서 빼놓을 수 없는 특징이 따뜻한 위무라는 종교적 역할이다. 예술과 수행, 정서와 지혜의 보시를 한 구슬에 꿰어 선물하는 행위, 수안 스님의 종합 예술은 그렇게 정리된다.

최근 예술계를 보면 자기도취에 빠져 메시지를 알 수 없는 작품들이 많다. 장르도 모호하고, 목적도 불분명한 채 기교만 자랑하는 작품으로 감상을 강요하곤 한다. 그런 이들에게 수안 스님의 종합 예술을 전하고 싶은 것은 욕심일까.

지치고 힘든 삶을 살고 있는 우리들에게 삶의 위안이 되고 희망의 에너지가 샘솟게 하는 촉매제는 많지 않다. 이번에 출간되는 스님의 그림 산문집은 그런 촉매제가 될 것으로 보인다. 어려운 고비를 힘겹게 넘어가는 사람들에게 큰 힘이 되길 바란다.

2장 아름다운 선물

3장 지금 눈앞의 것을 사랑하라

4장 머물다 떠나는 곳

정진

파초잎에 비 떨어진다
창 앞에 하얀 고무신 한 켤레
공부하는 스님은
귀가 먹었나
눈이 멀었나
벙어리인가
파초잎에 비는 떨어지는데.

청마와 적토마

청마青馬를 그린다. 묵직한 느낌의 철료 물감으로 터치하는 붓에 힘이 실린다. 말의 근육과 갈기에도 힘이 붙으니 괜스레 기분이 좋다.

말馬과 학鶴은 갑골문자와 상형문자의 모태였다. 수많은 동식물들이 상형문자로 만들어진 것을 보면 인류가 그 동식물들 하나하나를 세밀히 관찰했다는 것을 알 수 있다. 관찰만 한 것이 아니라 그들의 성격과 본질을 깊이 있게 연구하고 분석했으니, 이는 굉장한 과학이기도 하다.

흔히 예술은 상상과 창조의 영역이므로 과학과 무관하게 생각하는 경향이 있지만 사실은 그렇지 않다. 상상과 창조는 갑자기 하늘에서 뚝 떨어지지 않는다. 그것은 오히려 지루하고, 고단할 수 있는 수련과 연마를 통해 창조된다. 세밀한 관찰과 분석, 그리고 정진을 통해

서만 얻을 수 있는 것이다.

전각 예술이 대표적인 예다. 전각은 근본적으로 상형문자를 음미하는 데서 출발한다. 갑골문자에 나타난 상형문은 동식물을 단순화한 그림으로 보이지만 그것은 핵심을 찌르는 단순화다. 풀과 나무, 동물과 자연의 한 부분에서 우주의 섭리를 갈파해 가장 단순화된 글자로 비전秘傳하는 기법이다.

다른 장르의 예술 가운데 전각과 가장 가까운 것은 시詩이다. 시는 불필요한 요소를 최대한 간결화해 보여 주는, 그래서 보는 이로 하여금 무한 상상을 유발하고, 무한 감성을 이끌어 내는 고도의 예술이다. 이처럼 고도로 날 선 예술은 반복 훈련 없이는 창조되지 않는다.

말馬을 그리며 말을 상상한다. 군더더기 없는 근육과 윤기나는 갈기, 박차고 뛰어오르면 하늘로 치솟을 것 같은 매끈한 골격, 한 번의 울음으로 천지가 요동하며 잠에서 깨어날 듯한 기상……. 아, 단순하고 짧은 이 글자 하나(馬)에 어찌 이리 많은 이야기가 숨어 있을까. 그것을 붓과 물감으로 종이 한 장에 단숨에 표현해 내는 희열, 활력 넘치는 말의 속성만 알고 깊이를 음미하지 못하면 겉으로만 화려해질 뿐 그 말은 뛰어오르지 못한다. 그 말을 본 사람들에게도 진정한 말의 기상이 전해질 수 없다. 그림 속의 말은 움직일 수 없고 그림을 보는 이들은 눈만 즐거울 뿐이다.

청마는 푸른 말, 힘과 활력이 넘치며 희망을 주는 청년의 말이다.
희망은 상상의 세계를 구체화하고, 실질 세계로 구현해 내는 첫 관
문이다. 말의 깊고도 빛나는 눈과 활력이 희망인 것이다. 깊은 시름
에 빠져 고통스러워하는 우리 국민들에게 전환과 도약의 기틀이 될

수 있도록 모든 염원과 기를 담은 한 마리의 말이 탄생한다.

마침내 이 말이 거침없이 뛰어오르고, 그 뛰어오름이 하늘에 이를 때 청마는 적토마가 된다. 청마로 출발해 적토마로 성장하는 청년들이 우리의 희망이다. 우리 청년들이 그렇게 도약하길 간절히 바란다.

꽃과 함께 울다

어느 날 새벽, 눈을 비비고 일어나 곧장 작업실로 향했다. 세상은 여전히 캄캄하지만 머릿속 가득 하얀 꽃이 만발했다. 엊저녁 뒷산에서 본 꽃 한 송이가 나를 깨웠나 보다. 그 꽃을 화폭에 담는다.

"지구는 한 송이의 꽃입니다."

러시아 블라디보스토크의 연해주미술관 전시회에서 한 첫마디 인사다. 이 아름다운 지구에서 꽃의 일부로 살고 있는 우리가 무엇을 해야 하는가? 열매를 맺기 위해 노력하는 것이 인간의 삶 아닌가. 세상의 모든 꽃들은 열매를 맺기 위해 노력하며 자신이 무르익기를 기다린다. 시간이 흐르고 마침내 열매가 맺힐 때 꽃은 그를 위해 기

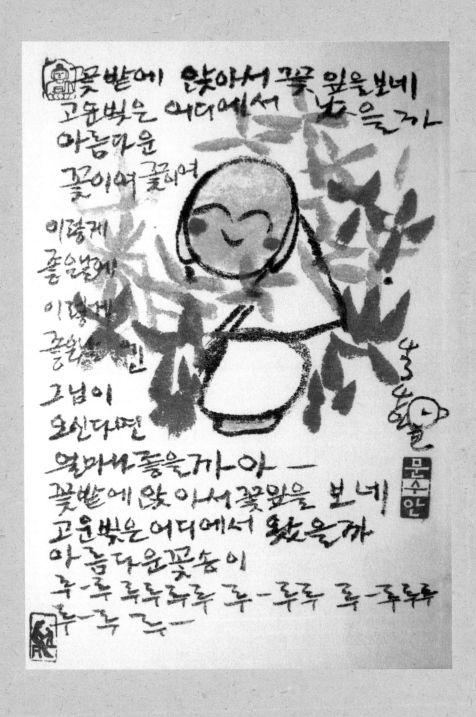

꽃밭에 앉아서 꽃잎을 보네
고운빛은 어디에서 왔을까
아름다운
꽃이여 꽃이여

이렇게
좋은날에
이렇게
좋은데 핀

그님이
오신다면

얼마나좋은가아 —
꽃밭에 앉아서 꽃잎을 보네
고운빛은 어디에서 왔을까
아름다운꽃송이
루 - 루 루루루루 루 - 루루 루 - 루루루
루 - 루 루 -

꺼이 스러진다.

먹을 갈고 물감을 풀어 꽃을 그린다. 아, 참 좋다.

아름다운 꽃이 화폭에 피어나는데 주르륵 눈물이 흐른다. 아, 참 좋다. 아름다운 꽃이여.

가수 정훈희가 부른 〈꽃밭에서〉를 부르며 그림에 노랫말을 옮긴다. 누가 보면 미친 것 아닌가 싶겠다. 어둡고 깊은 밤 잠에서 깨어 꽃을 그리며 울다 웃다 꽃이여, 꽃이여, 흥얼거리며 붓질하는 이 화상을 어이할꼬.

그때 울며 웃으며 그린 그림이 연해주미술관 전시장에 걸려 있다. 내가 그린 그림을 보고 내가 좋아 또다시 본다. 그날 밤 꽃을 그리며 울던 생각이 난다. '이렇게 좋은 날엔 이렇게 좋은 날엔 그 님이 오신다면 얼마나 좋을까.' 곡조와 노랫말이 하도 아까워 나도 모르게 불러 본다.

꽃밭에 앉아서 꽃잎을 보네
고운 빛은 어디에서 났을까
아름다운 꽃이여 꽃이여
이렇게 좋은 날엔 이렇게 좋은 날엔
그 님이 오신다면 얼마나 좋을까 아~

창공은 나를 보고 티 없이 살라 하고
청산은 나를 보고 말 없이 살라 하네

물 같이 바람 같이 살다가 가라 하네
벗어 놓고 성냄도 벗어 놓고
탐욕도 벗어 놓고

그리고 웃자, 웃자 하고 글씨를 붙인다. 멀고도 먼 춥디추운 러시아 땅에서 우리 민족의 울분과 한을 삭이며 살던 어른들이 살아남는 방식도 그랬을 것이다. 그 혹독한 겨울이 지나고 어느 따스한 봄날, 들판에 핀 꽃 한 송이를 보고 웃자, 웃자 했을 것이다. 애써 눈물 감추려 하늘을 보며 고운 빛을 음미했을 것이다.

그들 대부분은 독립운동가였다. 연해주 신한촌은 1860년대에 태동했지만 1905년 한일병합이 되자 대부분 나라를 찾기 위한 항일투쟁에 나섰다고 한다. 머나먼 이국땅에서 목숨을 바쳐 구한 나라는 독립하자마자 외세에 의해 분단되고, 이어서 동족상잔의 전쟁을 벌였다. 살고 있는 곳이 연해주라는 이유만으로, 그들은 소련에 예속되었다.

그동안 세월이 흘러 이민족 3세, 4세로 이어지는 동안 후세들은 그리움이 조금씩 물러졌겠지만 연緣의 고리가 어찌 끊기랴. 이미 선조들은 이 땅을 떠난 지 오래지만 그 후손들의 마음속에는 아직도 옛 시대의 역사와 마음속 정서가 그대로 이어지고 반복되리라. 선진국 대열에 들어섰다고 자부하는 우리들이 저 북쪽 연해주에서 살고 있는 분들을 반드시 기억해야 하는 이유다.

연해주의 아리랑

여행을 떠날 때는 마치 초등학교 때 소풍을 가는 기분이다. 새로운 세상을 만나게 되고 왠지 나를 감동시키는 일이 일어나기 때문이다.

블라디보스토크 전시회는 지난 2013년 9월에 열렸다. 러시아 연해주 정부 초청으로 이루어졌고, 우리나라 문화관광부에서 후원을 해 주었다. 프랑스와 독일, 모나코 등지에서 열렸던 전시회와 느낌이 남달랐던 것은 그곳에 우리 동포들이 많이 살고 있었기 때문이다. 그분들은 일제 치하에서 식민지 역사의 아픔을 특별하게 겪었고, 특히 독립운동가 후손들이 많다는 점도 마음을 설레게 했다.

블라디보스토크 연해주미술관에 최종적으로 보낸 작품은 60여 점이다. 주로 아리랑을 소재로 우리 민족의 정서를 표현한 것들이다.

여러 달 동안 작업하면서 우리나라 역사를 다시 한 번 생각했고, 근대사 이후 겪은 그들의 고난을 헤아리려 애썼다. 진혼굿을 하는 마음으로 그들의 내면으로 들어가다 보니 자연스레 아리랑이 접목됐다. 정선아리랑, 진도아리랑, 밀양아리랑의 가사를 동자승 그림에 담았고 부설거사의 팔죽 시, 나옹선사의 시, 성균관 유생의 글들도 그림에 접목시켰다.

전시를 준비 중인 연해주미술관을 사진으로 보고 거기에 맞춰 작업했을 뿐 현장을 직접 보기는 처음이었다. 썩 마음에 드는 장소는 아니었다. 벽면이 진초록으로 칠해져 있어서 흰 여백을 중시하는 동양의 선화를 표현하기에는 적절하지 않았다.

마침 미술관 담당자와 방송기자가 전시장이 마음에 드냐고 물었다. 솔직하게 말했다.

"마음에 들고 안 들고가 어디 있어요. 맞춰서 하면 되지요."

그러고는 그림의 순서와 위치들을 수정해 주었다. 담당 큐레이터의 기분이 상할 수도 있겠지만 도리가 없었다.

화가가 초청 전시회를 준비할 때는 작업에 들어가는 초기부터 전시장 분위기를 파악하게 된다. 건물의 위치와 벽면의 방위를 따져 보고 관람 순서도 고려해서 작업하는 것이다. 별것 아닌 것 같지만 매우 중요하다. 글이나 조형물도 어느 각도에서 어떤 순서로 보느냐에 따라 느낌이 달라지듯이 작품도 각자의 자리가 있는 것이다.

두 달여 동안 진행될 전시회를 위한 간단한 개관식이 열렸다. 뜻밖에 많은 사람들이 찾아와 주었다. 홍보를 많이 한 탓이라고 생각했는데, 특별히 그런 것도 아니었다. 러시아 사람들에게는 스님 화가라는 점이 호기심을 불러일으켰고, 고려인들에게는 한국 스님의 선화전이라는 게 작용했을 것이다.

감회가 새롭고 모든 것이 고마웠다. 인사말을 하던 중 문득 통역자가 내 마음을 제대로 전달할 수 있을까 싶어 노래를 제안했다.

"한국인의 정서를 표현하는 〈아리랑〉을 부르면 이 작품들을 이해할 수 있을 겁니다. 같이 한번 불러 볼까요?"

박수가 터졌다. 관람객의 호응이 좋으면 흥이 돋는다.

"아아리이라앙, 아아리라앙, 아아라아리요오⋯⋯."

한 구절씩 따라 부르게 하니 모두들 잘도 따라 한다. 한 구절, 두 구절, 한 굽이, 두 굽이, 꼬불꼬불 아리랑 고개가 절로 넘어간다. 〈아리랑〉의 힘이다. 이토록 단순한 가락 속에 저토록 심연의 정서를 애달프게 표현한 노래가 지구 상에 있는가. 가슴이 뜨거워지고, 괜스레 눈물이 난다. 관람객 한쪽에 서 있는 중년 부부가 그렁그렁 눈물을 흘리며 〈아리랑〉을 부른다. 블라디보스토크의 추위를 녹이는 훈훈한

아리랑 아리랑
아라리요 아리랑 고개로 넘어간다
나를 버리고 가시는 님은 십리도 못가서
발병 난다
4345
축 아리랑 유네스코 등재

마음이 국경을 넘고 시공을 넘는다. 우리는 행복을 나누는 중이다.

행복은 교감을 통해 얻는 것이지 소유를 통해 얻어지는 것이 아니다. 예술도 교감으로 완성되는 것이지 마지막 찍는 낙관으로 완성되는 것이 아니다. 서로의 감동이 교차할 때, 그동안 사노라며 쌓인 애환도 녹고 눈물도 녹는다. 그때 흘리는 눈물이야말로 진정한 행복의 샘물인 것이다.

당신이 있기에 참 행복합니다

연해주미술관에 현지 주요 방송국들이 대부분 취재를 나와 주최 측을 놀라게 했다. 관람객들도 놀라고, 당사자인 나도 놀랐다. 사람이 많으면 기분이 좋다. 저들끼리도 좋아하고 우리끼리도 좋아하고……. 늘 하는 말이지만 좋은 것은 파급력이 크다. 러시아TV에서 나온 방송기자가 그림을 본 소감을 이렇게 평했다.

"스님의 그림들은 나를 기분 좋게 만듭니다. 왠지 인생이 어려운 게 아닐 수도 있겠다, 어쩌면 그냥 한번 웃음으로 우리의 모든 문제들이 풀릴 수도 있지 않을까 하는 생각이 들게 합니다."

그림이란 것이 그렇다. 그냥 보고 느끼면 된다. 동양의 정서라든가, 선화의 기법이라든가, 이런저런 설명들은 다 군더더기다.

전시장에 아이들이 참 많이 왔다. 엄마 아빠 손잡고 그림을 보며 웃는 모습들이 참 예쁘다. 아이들은 백인이든 흑인이든 인종을 초월해서 다 예쁘다. 웃는 모습은 더 예쁘다. 그림을 보러 온 아이들을 위해 작업 도구를 펼쳤다. 즉석 시연試演이다. 아이들의 이름을 묻고 한 장 한 장 그림에 그 이름을 써 넣은 뒤 선물한다. 아이들은 악필로 그리는 작업이 신기한 듯 스마트폰으로 촬영하기 바쁘다.

‒레나에게

‒소피아에게

‒아고르에게

자신의 그림을 받는 아이들의 얼굴에 행복한 미소가 피어난다. 박수가 터지고 환호성이 쏟아진다. 세상에 이처럼 신나는 일이 또 있을까. 아고르는 미술학교 학생이다. 녀석이 내 그림을 손에 쥐고 말한다.

"저도 스님처럼 남들에게 기쁨을 줄 수 있는 화가가 되고 싶어요."

그 말을 들으니 나도 기쁘다.

오래도록 전시장을 떠나지 않고 그림들을 하나하나 살펴보던 중년 남자가 있었다. 〈꽃밭에서〉를 보며 한동안 서 있다가 〈섬 집 아기〉 동자승 그림 앞에서 또 오래도록 서 있었다.

엄마가 섬 그늘에 굴 따러 가면
아기가 혼자 남아 집을 보다가
바다가 불러 주는 자장 노래에
팔 베고 스르르르 잠이 듭니다.

한글을 아는지 모르는지, 팔베개하고 자는 동자 앞에서 떠날 줄을 모른다. 남자의 이름은 코스찬, 고려인 3세라고 했다. 의사였던 할아버지가 독립운동을 하기 위해 만주로 이주했다가 연해주에서 살게 되었다고 한다. 아버지 대에 중앙아시아로 강제 이주되었다가 다시 연해주로, 이주에 이주를 거듭한 전형적인 한 맺힌 우리 동포다. 이제 연해주에서 제법 이름난 화가가 되었는데, 내 전시회 소식을 듣고 개관 날만 기다려 달려왔다고 했다.

"〈섬 집 아기〉 그림을 보면 그 속에 잠든 아이의 외로움을 바로 느낄 수 있어서 계속 보고 있었습니다. 저 아이가 바로 러시아에 있는 고려인들이거든요. 러시아에 살고 있는 수많은 고려인들이 백년 이상 느껴 왔던 타향에서의 외로움을 저 그림이 대변하고 있어요."

코스찬이 비감 어린 목소리로 말했다.

할아버지와 아버지에게서 들었던 고향 이야기를 확인하고 기억해 내고 있는 것이다. 나는 그에게 붓이 아닌 손가락으로 그림을 그려 주었다. 이른바 진화眞畫 선물이다.

엄마가 섬그늘에 굴따러
집을보다가 바다가불러
스르르르 잠이듬니다

가면 아기가 혼자남아
조자장노래에 팔베고

4346

당신이 있기에 참 행복합니다

이번 전시회에서 가장 많은 관심과 사랑을 받은 작품은 〈당신이 있기에 참 행복합니다〉이다. 두 사람이 서로 안고 웃는 모습을 그린 것이다.

  서로를 안는 것은 세상에서 가장 아름다운 행위이다. 그림 속의 두 사람은 문수보살과 보현보살이다. 문수는 지혜의 보살이고, 보현은 행원의 보살이다. 지혜와 행이 어우러진 모습을 그린 뒤 '당신이 있기에 참 행복하다'는 의미를 부여한 것이다. 불교를 모르는 사람들은 그저 두 사람을, 사랑하는 모습으로 받아들인다. 괜찮다. 그림은 그런 것이다. 받아들이는 사람의 느낌이 그림의 완성이니까. 화가는 그림을 그리고, 보는 이가 그림을 완성하는 것이다.

할머니의 손

시詩가 뭔지도 모르면서 나는 시를 쓴다. 시집도 몇 권 내고 보니 영락없는 시인의 행색을 갖추게 되었다. 신도들 입장에서는 아는 스님의 시집이니 보기만 해도 반가운 모양이다. 너도나도 한 권씩 사 들고 '우리 스님 시집'이라며 읽기도 하고, 사인을 청하기도 한다.

한번은 이름이 알려진 진짜 시인이 이런 말을 했다.

"시집을 몇 권이나 냈어도 제 시를 외우는 사람은커녕 제 시집을 갖고 있는 사람 한번 만난 일이 없습니다. 그러고 보면 스님은 대단합니다."

기분이 좋기도 했지만 한편으로는 미안하기 그지없었다. 그가 시를 쓰기 위해 투자한 시간과 애쓴 노고를 생각하니 어찌 미안하지 않으랴. 그것도 마음에 걸리는데 어느 단체에서 시에 대한 강연을 해달라는 요청이 들어왔다. 거절하기도 뭣해서 어쩔 수 없이 수락했다. 평소에 외고 있던 시 몇 편을 읊고, 나름의 소감과 인생에 대해 말하는 정도였다. 그리고 내가 특별히 좋아하는 자작시〈사모곡思母曲〉을 읊었다.

나
훨훨 벗어 버리고
고향으로 가리라.

고희가 넘으신 어머니 눈에는
철없는 개구쟁이로
나
돌아가리라.
빈손으로 왔다.
빈손으로 가는 인생이지만

세상 다 돌아봐도 쉴 곳이 없으니
작은 가슴 할딱거리며
나
어머니 품으로 가리라.

바람에 날리운 어머니 하얀 머리카락

한 올 한 올 빗질해 드리고

따끈한 차 한 잔 대접하는 개구쟁이 효자로

나

돌아가리라.

봄이면 개울 속에 지천으로 피어 떨어지는

살구꽃 발그레 닮은 아이들 뛰는 모습 바라보며

넘치지 않는 작은 소망을

뒷 남새밭에 심으려

나

고향으로 돌아가리라.

강연이 끝나고 나자 한 할머니가 다가왔다.

"스님, 손 한 번만 꼭 잡고 싶으니 허락해 주세요."

할머니가 손을 잡겠다는데 내뺄 수가 없었다.

"그렇게 하세요. 그런데 제가 일을 하다 와서 손이 좀 지저분합니다."

미안한 마음으로 손을 옷에 문지른 뒤 내밀었더니, 할머니의 두 손이 꼭 포개져 왔다. 그런데 느낌이 이상했다. 손바닥 한가운데 꺼칠한 감촉이 전해지는 것이었다. 그 감촉 때문에 이상하다 여기고

어머님의 손을 놓고
돌아설 때엔 부엉새도
울었다오 나도울었소.
가랑잎이 휘날리는 산마루
턱을 넘어  오던 그날밤이

그리움
구나
43
46

있는데 할머니의 두 손이 점점 더 강하게 옥죄어 왔다. 내 손을 꼭 오그리게 만들고 나서 할머니는 뒤도 안 돌아보고 떠났다. 감히 붙잡을 엄두가 나지 않는 총총걸음이었다.

돌아와 그 꼬깃꼬깃한 종이를 펼치니 10만 원짜리 수표 석 장이 들어 있었다. 허허 참, 난감함과 함께 할머니의 지극한 마음이 이번에는 가슴을 옥죄었다. 어떻게 보답하지? 이름도 주소도 모르고 헤어진 게 못내 아쉬웠다.

한 해 뒤 가을, 인사동에서 개인전을 열었다. 많은 사람들이 오가는 틈새에 낯익은 할머니의 얼굴이 보였다. 마치 고향 사람을 만난 것처럼 반가운 얼굴, 손을 잡자던 그 할머니였다. 이번에는 거꾸로 내가 할머니의 손을 잡았다. 마침 누군가에게 전해 주려고 준비한 그림 한 점이 있어서 당장 그것을 할머니에게로 돌렸다. 그림의 임자가 바뀐 것이다.

그림을 받아 든 할머니는 눈물을 글썽였다. 나보다 더한 감격이 할머니에게서 샘솟는 게 분명했다. 그분에게는 내 그림이 감상용으로만 머물지 않을 것이다. 그림도 임자를 만나야 살아 숨 쉰다.

살아 있는 시

노벨문학상 발표가 임박해 오면 늘 고은 시인이 거론된다. 벌써 몇 해째 관심의 초점이 됐지만 아쉽게도 수상 후보에만 오르내릴 뿐이다. 우리나라에서 수상 가능성이 가장 높은 문인으로 회자되면서 한국인의 바람과 기대를 등에 지고 있는 고은 시인. 스스로의 명예보다는 그런 바람들 때문에 더욱 부담스러울 것 같아 안쓰러운 마음이 들곤 한다.

젊은 시절 제주도에서 고은 시인을 만났다. 한때 월초月超라는 법명으로 수좌 생활을 했던 고 시인은 절 집안 인연으로 치면 나와 사촌지간이다. 고시인은 환속한 뒤 한동안 제주도에서 살았고, 내가 제주도에 갔을 때는 한 다방에서 시화전을 하고 있었다.

시화전을 하는 현장에서 고 시인에게 그림을 한 장 그려 주었는데, 낙관이 없어서 찍어 주지 못했다. 그런데 한사코 낙관을 찍어 달라며 자신의 도장까지 하나 부탁했다.

"내가 수안 스님의 전각 도장을 꼭 하나 갖고 싶었다우."

할 수 없이 그 자리에서 곧장 도장을 팠다. 먹고 있던 고구마를 반 토막 내어 거기에 전각을 한 것이다.

언젠가 고 시인은 자신의 자전적 글에 그 일화를 쓰면서 '살아 있는 시였다'고 표현했다. 그 글을 본 사람들이 가끔 내게 그때의 추억을 묻는다. 이제는 고구마 도장이 다 닳아 버렸을 터, 정상적인 전각을 하나 해주어야 할 텐데, 고 시인이나 나나 너무 쫓기며 사는 것 같아 안타깝다.

전각은 나무나 돌, 금속을 소재로 하는 것으로 알고 있지만 꼭 그렇지도 않다. 구슬이나 옥, 두꺼운 종이나 천은 물론 감자와 고구마처럼 농산물로도 가능하다. 새기는 일은 어디에든 가능하지만 오랫동안 보관할 수 있느냐 없느냐의 경계가 있을 뿐이다. 하지만 그것이 무슨 상관이랴. 모든 것은 변하게 되어 있고, 물질은 결국 닳는 존재인 것을.

만남은 희망을
낳습니다

돌 중의 돌

전각가는 소재에 따라 각의 방법과 구도를 달리한다. 전각가들이 돌을 가리는 이유이다. 훌륭한 돌을 찾고, 그것을 보는 눈이 있어야 참 전각가인 것이다. 일본과 중국 같은 곳에서는 그런 전각가들에 대한 배려가 있고, 나름대로 상업적인 시장도 갖추어져 있다. 돌이라고 해서 다 같은 돌이 아니라, 천하에 둘도 없이 귀하고 비싼 돌도 있고 발길에 차이는 하찮은 돌도 있는 것이다.

홍콩에서 돌 중의 돌을 만난 적이 있다. 한 백화점에서 돌을 전시한 가게를 지나치게 되었는데, 어떤 한 돌 앞에서 걸음을 멈추었다. 그쯤 되면 눈치 빠른 방림보살이 자꾸 다른 곳으로 데려가려고 애쓴다. 장난감 가게 앞에 서서 발길을 옮기지 못하는 어린애를 달래고

얼러서 마음을 바꿔 먹게 하려는 것과 비슷하다. 하지만 백화점 종
업원의 눈치는 장난감 가게의 주인보다 더 빨랐다.

"마음에 드세요? 이거 한번 보세요, 스님."

종업원이 건네주는 돌을 손으로 만져 보니 가슴에 불길이 일었다.
단단하면서 부드럽고, 매끄러우면서 따뜻한 돌의 질감에 침이 꿀꺽
넘어갔다.

"이게 얼마요?"

값이 엄청났나 보다. 방림보살이 기겁을 하며 고개를 저었지만 내
발은 움직일 기미가 없었다.

그때 신사복 차림의 한 남자가 나타났다. 종업원들이 모두 그에게
인사하는 것을 보니 높은 직책의 관리자인 것 같았는데, 나중에 알
고 보니 백화점 사장이었다. 그가 우리 일행에게 따라오라는 손짓을
했다.

가게 안쪽으로 들어가더니 그가 금고를 열었다. 그리고 무엇인가
를 꺼내 우리 앞에 내놓았다. 눈이 번쩍 뜨였다. 좀 전에 본 것과는
비교도 안 될 만큼 귀한 돌이었다. 그 순간 나는 돌에게 약속했다.

'홍콩이 갑자기 증발해 버리지 않는 한 너를 갖지 않고는 떠나지
않겠다.'

내가 돌에 매료돼 있는 동안 남자와 방림보살의 계산이 오갔는데,

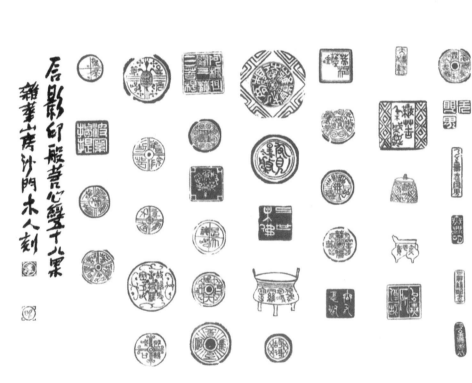

唇影印般若心經三十八果

雜華山房沙門木人刻

도무지 협상이 안 되는 듯했다. 방림보살은 안 되겠다는 눈길로 나를 바라보았다.

"얼마라나?"

"스님은 상상도 못하실 만큼 비쌉니다."

"그래? 그래도 할 수 없지. 어떻게든 해보게나."

지금 생각하면 억지도 그런 억지가 없었다. 떼를 써도 유분수지. 하지만 그때 나는 분명히 돌과 약속했고, 그놈 없이는 살 수 없다고 생각했기 때문에 어쩔 수 없었다. 그런 절체절명의 순간이 누구에게나 있지 않은가.

결국 비자카드로 지불하고 돌을 가져가기로 했는데, 그것이 또 문제가 되었다. 카드 연체를 한 번도 한 적이 없는데 '지급 불능'으로 나온다는 것이었다. 나중에 알고 보니 카드 회사에서 지급 정지를 건 것이었다. 도난 카드로 비싼 물건을 사려는 의도라고 판단했을 법하다.

결국 한국에 돌아가 돈을 마련하는 대로 홍콩으로 보낼 테니 절대로 다른 사람에게 넘겨주면 안 된다고 다짐을 두고, 돈이 입금되는 즉시 돌을 보내 주기로 단단히 약속했다.

한국에 돌아온 지 한 달쯤 뒤 전화가 왔다. 홍콩에서 돌을 가지고 직접 오겠다는 전갈이었다. 백화점 사장의 아들이 업무차 한국을 방문하게 되었는데, 사장이 '그 돌이 필요한 스님이 있으니 꼭 전달하라'고 했다는 것이다.

백화점 사장의 아들은 한국에 도착한 이튿날 나를 찾아왔다. 그러고는 사흘이나 머물다가 떠났다. 그사이 홍콩의 백화점에서는 난리가 났다고 한다. 아들이 숙소를 떠나 사흘간이나 연락이 안 되었으니, 아버지로서는 걱정될 수밖에 없었을 터이다.

뭐가 그리 좋았는지 그는 집에도 연락을 끊고 이곳에서 사흘간이나 지냈다. 그리고 이런 말을 남기고 떠났다.

"수안 스님을 홍콩은행 총재보다 더 존경합니다."

듣기 좋으라고 한 소리였겠지만 나는 기쁘지 않았다. 고얀 놈이라는 생각을 했다. 평생 청정 비구로 살며 예술 인생을 걷고 있는 나를 어찌 은행 총재 따위와 비교하는가. 못마땅해하는 마음이 전달되었는지 이런 답이 돌아왔다.

"홍콩은행 총재는 돈만으로 되는 것이 아닙니다. 학식과 덕망과 예술적 안목까지 두루 갖춘 사람이어야 가능한 자리입니다."

그 말을 듣는 순간 머리가 띵하니 아파 왔다. 돌을 다루는 것이나 돈을 다루는 것이나 다르지 않다는 깨우침이었다. 돌이든 돈이든, 학식과 덕망과 안목이 없는 자가 쥐고 있다면 위험하기 짝이 없는 것이다. 그 중요한 가치를 내가 왜 몰랐단 말인가. 그러자 한국은행의 역대 총재들도 그런 사람들이었는지 궁금해졌다.

구름 같은 사람

전각을 본격적으로 배우게 된 것은 젊은 수좌 시절, 경봉 큰스님께서 도장을 하나 새겨 달라고 부탁해 온 것이 시발점이었다. 나무를 파고 조각을 하는 일은 이미 몸에 익어 있었지만, 도장은 영 자신이 없었다.

도장을 팔 줄 모른다고 말씀드리니, 노사는 예의 칭찬으로 "너는 뭐든 하면 잘하지 않느냐"라며 치켜세웠다. 그때나 지금이나 칭찬에는 사족을 못 쓰는 화상이라 한번 해보겠다고 말씀드렸으나 어찌해야 할지 암담하기만 했다.

석정石鼎 스님께 도움을 청했더니 전각의 대가 한 분을 소개해 주었다. 김해에 사는 청사晴斯 안광석安光碩 선생이었다. 국보급 전각가를 만나 제대로 공부하려나 보다 싶었는데, 가르치는 언어 자체가 너무 어려웠다.

도통 알아들을 수가 없어 스승께 하소연했더니, 이번에는 운여雲如 김광업金光業 선생을 소개해 주었다. 선생은 평양 태생으로, 1927년 경성의전을 졸업했고, 계속 서도를 닦으면서 1935년 기성 서화구락부를 창립하기도 했다. 해방 후에는 안과 병원을 개업하면서 동명서예학원을 열어 후진을 지도했다. 또한 1965년 한국서예가협회 창립위원을 맡아 민전民展 심사위원도 했다.

당시 내가 찾아갔던 동명안과의원은 부산 동광동에 있는 적산가옥이었다. 처음 찾아간 날 분위기가 아직도 생생하다. 진료실에는 환자도 간호사도 보이지 않았다. 한산한 진료실에 한복을 입고 콧수염을 기른 분이 홀로 앉아 있는데 영락없는 시골 노인이었다. 마주앉아 차를 마시며 작품 얘기를 나누는데 진지하면서도 거침이 없었다.

"선화는 크게 보면 명상화라고 할 수 있지. 그림을 보면서 명상을 하게 되는 거야. 전각은 돌 위에 시를 쓰고, 글씨로 만들고, 그림도 그려 내는 것이니 동양 예술의 극치라고 할 수 있어. 흔히 이름이나 호만 새기는 걸로 생각하는데, 시·서·화·각의 네 가지가 연결되어 있어야 비로소 작품이 되는 거야."

선생의 몇 마디 말에 가슴이 확 뚫리는 것 같았다. 내가 그동안 해 온 모든 것을 압축하는 말이었다. 시·서·화·각을 꿰는 스승을 만난 환희에 가슴이 벅차올랐다.

　운여 선생의 서체는 기법이나 격식에 구애되지 않는 자유분방함과 강렬한 개성이 아주 독특하다. 돌보다는 나무를 사용한 전각이 많고 한글과 한자, 영문자 전각을 두루 오갔다. 한자도 전서 중심에 그치지 않고 전서篆書·예서隸書·해서楷書·행서行書·초서草書를 시의적절하게 응용했다. "운여의 전각은 가장 고전적이면서도 고전을 그대로 두지 않고 자기의 기질과 성정으로 녹여 내어 참신한 맛을 한 화면 속에 뽑아낸다"는 것이 당대 언론의 평이었다.

　선생의 아호 운여는, 글자 그대로 '구름처럼' 또는 '구름과 같다'라는 의미이다. 선생은 기독교인이면서도 불교에 조예가 깊었고, 의사로서 명망이 높았지만 평생 서예와 전각에 전념하면서 구름처럼 떠돌기를 좋아했다. 평양·부산·서울·미국으로 거처를 옮겨 살다가 1977년 미국 로스앤젤레스에서 세상을 떠났다.

　운여 선생에게 나는 무엇을 배웠는가? 돌이켜보면 세밀한 기법이나 기교를 배운 기억이 없다. 전각을 전각으로만 봐서는 안 된다는 몇 마디 말과 더불어 두세 가지 필수적인 조언을 들었을 뿐인데, 그것이 바로 예술 공부의 근본이기도 했다.

　우선, 원을 많이 그리라는 가르침을 받았다. 그다음에는 '3만 개의

전각을 하면 대가가 될 것'이라는 말이었다. 한마디로 원을 많이 그리고 끝없이 새겨 보라는 얘기였다. 어려운 말이 아니니 시키는 대로 했다. 수도 없이 동그라미를 그리고, 갑골문과 상형문을 갖다 놓고 끝없이 파는 게 수련이었다.

전각은 뭐든지 반대로 보고, 반대로 새기는 작업이다. 반대로 새겨야 찍으면 바로 보이는 것이 도장의 원리 아닌가. 반대로 새기려면 보통의 관찰력으로는 부족하다. 무엇이건 세밀하게 보고 관찰해야 한다. 그렇게 오랫동안 훈련하다 보면, 딱 한 번 본 상像을 머릿

속에 각인시키게 된다. 무엇이건 보이는 것의 반대 모습을 떠올리고 앞뒤를 연상하게 된다. 글자뿐이 아니라 마주치는 모든 것, 사람과 사물과 자연의 모든 이면을 보고 새기는 공부, 놀라운 공부 아닌가. 수좌首座가 지식을 지우는 직업이라면, 전각가는 반대로 보고 단순화하는 직업이다.

어떤 주제를 가지고 작업하려는데 구체적인 형상이 떠오르지 않을 때가 있다. 꼭 그림이 아니더라도 마찬가지다. 그때 선택하는 각자의 방법이 있을 것이다. 요즘 사람들은 이것저것 정보를 찾아다닐 것이다. 자신이 하고자 하는 일과 관계된 지식을 찾아 헤매는 것이다.

나는 반대다. 지식을 버린다. 그냥 단순히 원을 그린다. 원을 반복해서 그리다 보면 형상이 떠오른다.

독일의 문호 괴테는 "내 문학은 산책이 만들었다"라고 했다. 내가 원을 그리듯이 그는 산책을 한 것이다. 우리나라 시의 진수를 보여준 서정주 시인은 "나를 키운 것은 팔 할이 바람이었다"라고 고백했다. 그분들이 지금 생존한다면 "그대의 자양분은 지식과 정보가 아니다"라고 질타할 것이다. 요즘 사람들은 지식과 정보를 활용하는 것이 아니라 끌려 다니고 있다.

감격의 해후

석도石濤 스님을 만나러 중국에 갔다. 뜻이 맞는 사람을 찾아 천리를 마다하지 않고 달려가는 것이 사람의 도리인데, 내 그림의 정신적 지주가 되는 사람을 찾아보지도 않고 그림을 그린다는 것이 못내 찜찜했기 때문이다.

석도 스님은 중국의 선화가였다. 명말청초明末淸初 시대를 살다 떠난 희대의 선객이자 선화禪畫의 고수였다. 그의 그림은 힘과 기개가 넘친다. 날개를 단 듯 유려한 운치와 솔직 담백한 자기 고백을 하는 그림이 석도 화풍의 진수다.

내 평생의 소원은 석도 스님의 그림 진본을 보는 것이었다. 서울과 일본에서 그의 화첩을 구하기는 했지만 진본을 보는 것에 어찌 비하겠는가.

진본을 구하기는 좀처럼 쉽지 않았다. 소원을 이루려면 어떻게 해서든 중국의 양저우까지 가야 했다. 양저우는 여간한 거리가 아니다. 상하이에서 난징을 거쳐 버스를 타고 몇 시간 내달리는 대장정을 치르고서야 도착할 수 있었다. 그러나 거리가 먼 만큼 볼거리도 많고, 석도화의 진본을 보게 된다는 설렘도 덩달아 커졌다.

　일반 관광객들의 관광 코스와도 다르고 오지에 위치한 까닭에 경비도 많이 들고 제약도 많았다. 양저우로 가는 도중에 한 마을에서 휴식할 때 장 구경을 나갔는데, 아이들이 주스를 사 마시고 있었다. 나도 아이들 틈에 끼여 사 마시려고 했더니 안내원이 기겁을 했다.

　"그것은 불량 식품이라 먹으면 안 됩니다."

　"별놈의 소리를 다 하네. 그럼 저 아이들은 어떻게 먹는가?"

　시골 아이들이니까 괜찮다는 말을 들으며 "나도 촌놈이다" 하고는 얼른 사서 마셨다. 맛만 좋았고 아무 탈 없었다.

　오랜 여정 끝에 양저우 박물관에 도착했다. 대뜸 석도 화첩을 내달라고 했더니 직원이 그런 게 없다며 고개를 저었다. 석도는 양저우 8괴(8대 인물이 아니라 그를 중심으로 8괴가 돈다는 역학적인 칭호)의 한 사람이다. 자기 고향에서 나온 가장 걸출한 인물의 화첩이 없다는 것이 나로서는 믿기지 않았다.

　그럴 리가 없다며 계속 조르고 버티자 결국 박물관장이 나왔다.

박물관장은 석도 화첩을 보기 위해 한국에서 왔다는 승려가 무척이나 흥미로웠던 모양이다. 그는 화첩을 보여 줄 수는 있지만 워낙 귀한 것이라며 우리 돈으로 20만 원가량을 요구했다.

한국의 경남 양산에서 바다 건너 중국의 양저우까지 간 마당에 20만 원 때문에 아니 볼 수는 없었다. 선뜻 그 돈을 내주고 마침내 석도 화첩을 보았다.

화첩에는 딱 한 점의 그림이 있었다. 감격적인 해후였다. 기나긴 세월 속에 잠들어 있던 석도의 산수화를 보는 동안 눈에 이슬이 고였다. 찬찬히 석도 스님의 그림을 음미하고 있는데 뭔가 잘못된 게 보였다. 석도 스님의 아호인 청상淸湘이 잘못 써진 것이다. 淸湘에서 삼 수水가 빠져 '靑相'으로 씌어 있었다. 관장에게 그것을 지적해 주니 또 한 차례 놀란 눈빛을 지었다. 관장과 나는 그곳에서 붓을 들어 말을 주고 받았다. 관장과 필담筆談을 나눈 뒤 그는 양저우 지역의 예술적 관광지를 직접 안내하는 수고를 아끼지 않았다.

갈 곳은 가야 한다

양저우 박물관장의 안내로 붓 제조 공장에 들렀다. 나는 그곳에서 눈이 튀어나오는 줄 알았다. 평생에 한 번 볼까 말까 한 붓들이 즐비했기 때문이다. 그중 하나에 눈길이 쏠렸다. 이루 말할 수 없이 부드러운 붓털의 촉감, 그러면서도 꼿꼿한 기세가 단연 압도적이었다. 내 모든 것을 내주고라도 그것을 갖고 싶다는 욕심이 발동했다.

"이것은 산양山羊의 겨드랑이 털로 만든 겁니다. 보통 귀한 것이 아니지요."

귀하거나 말거나 내가 그것을 사겠다고 하는데도 공장장은 고개를 저었다. 그것은 주문 생산 하는 것이기 때문에 당장은 곤란하다는 얘기였다. 돈이 문제가 아니라 시간이 문제라는 얘기였다. 하긴 붓의 크기만 봐도 그렇고 산양의 겨드랑이 털을 그만큼 모으는 일도 여의치 않을 것 같았다. 당장은 불가능하다고 하니 주문을 해놓을 수밖에 없었다.

귀국한 뒤에도 그 대붓의 촉감이 아련히 떠올라 잠을 설치곤 했다. 갓난아기 볼을 쓰다듬을 때의 촉감처럼 눈앞이 삼삼해 미칠 지경이었다. 하루하루가 왜 그렇게 더디 가는지, 결국 1년여 만에 중국에서 연락이 왔다. 우송해 줄 수 있다고 했지만, 나는 기어코 그 동네를 다시 찾아갔다.

그사이 양저우 박물관장이 내 초대로 한국을 방문했었다. 양저우에서 받은 호의에 대한 답례 차원에서 석도 화상을 직접 모시는 심정으로 정성을 다해 한국을 안내했었다.

그는 도자기를 전공한 문화재 위원이었기 때문에 한국의 청자와 자기류를 많이 보고 싶어 했다. 그가 특히 가고 싶어 하던 신안유물 박물관을 비롯해 경주와 광주, 해인사 등지를 돌아보며 보름간의 일정을 알차게 안내했다.

나의 두 번째 중국 방문이 이루어졌다. 붓 한 자루를 사기 위해 그 먼 길을 달려갔으니, 양저우 지역에서는 내 방문이 중요한 사건이 되어 있었다. 시장을 비롯해 그 지역의 많은 예술가들이 한자리에 모여 나를 기다리고 있었다. 대학 교수를 비롯해 예술계에서 한몫한다 하는 사람들, 이름하여 붓의 고수들이었다.

그 가운데 장쩌민 주석의 은사라는 사람이 찾아와 인사를 했다. 구풍이라는 그분은 장쩌민이 주석에 오른 뒤 문화재위원으로 등급이 올라갔다고 한다. 아주 긴 테이블과 원탁 테이블이 여기저기 놓여 있고, 테이블마다 빽빽이 앉아 있는 1백여 명 대부분이 붓의 고수들이었다.

시장과 내가 앉은 한쪽에 한지와 붓, 벼루, 물감 등이 놓여 있었다. 통역원이 내게 간단히 소개를 해주었다.

"여기 모인 분들은 중국에서 공인하는 1급수들입니다."

중국에서는 예술가를 급수별로 분류한다고 했다. 1급, 2급, 3급으로 구분해 급수별로 대우와 명예가 달라진다는 것이다. 양주 시장역시 1급 서예가였다. 그 1급수들이 한자리에 모였으니 나로서는 당황스럽기도 했다.

그중 가장 연장자로 보이는 노인이 일어섰다. 흰 수염을 가슴까지 내려뜨려 신선처럼 보였다. 노인이 일어서자 홀에 무거운 정적이 흘렀다. 그의 움직임 하나하나가 사람들을 압도했다.

노인이 붓을 들었다. 대붓의 맨 위를 엄지와 검지, 장지 세 손가락만으로 아슬아슬하게 잡더니 일필휘지를 돌렸다. 침 삼키는 소리조차 없는 고요한 정적 속에서 노인의 붓이 움직였다. 한 획 한 획 돌아가는 붓의 쓸림만이 크게 울렸다.

이윽고 긴 정적 속에 붓을 내려놓은 노인이 내게 붓을 건네주었다. 붓의 고수들 1백여 명이 보는 앞에서 시범을 보이라는 의미였다. 그 붓을 쓸 만한 자격이 있는지 알아보려는 일종의 테스트이기도 했다.

그것은 붓에 대한 예우였다. 웬만하면 지금이라도 내빼는 것이 어떠냐는 듯 고수들의 도도한 기운이 감도는 현장에서 내가 붓을 쥐었다.

악필握筆 주먹으로 붓의 상단을 휘어잡고 일원상을 크게 내둘렀다. 그리고 물감을 찍어 동자상을 완성해 갔다. 마지막 점을 찍고 붓을 내려놓자 우 하는 감탄의 소리들이 터져 나와 기나긴 정적이 깨졌다.

시장이 내게 자신의 아들 이름을 써주며 그림을 그려 달라고 했다. 그때까지 기다리고 있던 1백여 명의 고수들에게 그림을 한 장씩 선물해 주고 나니 새벽이 밝아왔다. 중국의 1급수들이 새벽녘까지 자리를 뜨지 않고, 내 앞에 줄 서 있었던 것이다.

그림을 그리는 내내 음식이 끊이지 않고 나왔으며, 각종 차와 술이 지치지 않고 이어졌다. 양도 엄청났고, 맛 또한 기가 막혔다. 긴 여행 뒤인데도 피로를 전혀 느끼지 못했다.

이튿날 붓 공장에 다시 들르니 사람들이 몇 가지 귀한 선물들을 싸 놓고 기다리고 있었다. 그들의 우정 어린 선물을 안고 귀국하는 마음에 흐뭇한 불심이 느껴졌다. 역시 붓을 위해 중국으로 직접 간 것은 현명한 선택이었다. 직접 가지 않았다면 그들은 지금도 그 붓을 쓸 만한 사람인지 아닌지 궁금해하고 있을 것이다. 가야 할 곳은 가야 한다.

승과 함수행의 길 떠나다

방림보살

요즘 방림보살이 힘들어하는 모습을 종종 본다. 축서암으로 들어와 절 생활을 한 지 벌써 40여 년. 어느덧 60을 넘겼으니 그럴 만도하다. 방림보살은 나보다 5년이나 먼저 문수원으로 내려와 터를 닦고, 절의 기틀을 잡느라 애를 많이 썼다. 그사이 식객도 만만치 않았고, 절 살림 챙기랴, 천연 염색 하랴, 때마다 오는 행사 치르랴, 온갖고충을 혼자 감당해 왔다.

가끔씩 찾아오는 스님들 상대하는 것도 여간 힘든 일이 아니다. 스님들 중 일부는 사회생활을 해보지 않은 유아독존적 성격과 불자들로부터 늘 존대만 받고 살아가는 탓에 배려심이 부족한 경우가 많다. 그나마 방림보살이기 때문에 나름대로 물리칠 것 물리치고, 받아들일 것받아들이고, 존중할 것 존중하며, 한 세월을 잘 버텼다고 볼 수 있다.

법랍이 높은 우리나라 스님들치고 방림보살을 모르는 이가 없을 정도로 불교계의 유명인이 됐는데 이제 기력이 쇠하고 있는 것이다. 그 모습이 안쓰러워 얼마 전 작은 전각 선물 하나를 준비해 이런 글귀를 새겨 넣어 줬다.

'꽃이 진다고 그대를 잊은 적 없소.'

이 멋진 글귀에 기뻐할 줄 알았는데 이런 답이 돌아왔다.

"아니 스님, 제가 벌써 늙었단 말입니까?"

아, 듣고 나니 아차 싶었다. 내 딴에는 기막힌 시적 표현이라 의기양양했는데, 역시 여인의 마음은 언제나 청춘을 품고 있는 것이다.

방림보살은 부산의 교육자 집안에서 태어나 20대 시절에 결혼하기 싫다고 절로 들어왔다. 집에서 가장 멀리 떨어진 산속으로 피신한다며 찾아온 곳이 고작 양산이었다. 그때는 그랬다. 지근거리가 된 지금과 달리 부산과 양산은 버스를 타고도 한나절이나 걸렸다.

한때는 식구들이 번갈아 찾아와 하산시키려고 무던히도 애를 썼지만, 그때마다 "때가 되면 내가 알아서 내려가겠다"며 거두절미, 끝내 '김씨 집안에서 내놓은 자식'이 되어 버렸다. 사람들은 그녀에게 그렇게 절이 좋으면 아예 출가를 하지 왜 반승반속으로 사느냐고 묻곤 했다. 하지만 그 역시 출가의 한 모습이다. 머리를 깎고 승적에 오르는 것만이 출가는 아닌 것이다.

꽃이 진다고 그대를 잊은 적 없다 갑을

방림보살의 성격이나 취향을 보면 철저한 계율에 묶인 수행이 어울리지도 않는다. 자유분방한 행동과 운치 있는 생활 방식은 그만이 갖고 있는 독특한 멋이다. 반승반속의 생활을 통해 자연스럽게 개발된 창조적인 색깔이라고 할 수 있다. 모든 삶의 색깔이 한결같고 비

숫하다면 세상은 얼마나 지루할까.

내가 지금까지 큰 불편 없이 그림을 그릴 수 있는 것도 방림보살의 도움이 컸다. 절의 살림은 물론 내 예술 활동에 필요한 온갖 뒷바라지를 방림보살이 해주었다. 방림芳林은 꽃향기 가득한 숲을 의미한다.

방림보살과 인연을 맺은 것은 40여 년 전, 허물어져 가는 법당 한채 달랑 놓인 축서암에서 시작됐다. 부산교대에 다니던 몇몇 친구들과 함께 통도사에 놀러 왔던 그녀가 '괴짜 스님이 있다는데 한번 가보자'며 들른 곳이 축서암이었다. 그런데 엉뚱하게 그곳의 소나무와 여물통에 반해 아예 자리를 잡게 되었던 것이다. 그럴 만도 한 것이, 축서암 소나무들은 누가 봐도 감탄이 절로 나오는 명물이다. 영축산을 오르는 등산객들도 그 소나무들을 보면 발길을 멈추고 한동안 떠나지 못할 정도다. 그런데 법당 옆에 버려진 듯 놓인 여물통에 끌렸다는 걸 보면 여간 독특한 안목이 아니다.

그때 나는 혼자서 찾아오는 신도들 맞으랴, 절집 살림 감당하랴, 그림 그리고 전각하느라 애를 먹고 있었다. 운수납자로 살아온 습성대로 한 생각 일어나면 바랑을 걸머지고 절을 떠나 몇 달씩 떠도는 일도 많았다. 그러다 보니 절은 텅 비기 일쑤고 부처님 머리 위에는 먼지가 쌓이기 십상이었다. 그러던 차에 방림보살이 찾아왔다. 잠시 머물다 떠날 줄 알았는데 며칠이 몇 달이 되고, 몇 달이 몇 년, 몇십 년으로 이어져 지금에 이르렀다.

방림보살은 차의 달인이다. 중국의 정통한 다인들도 방림보살의 차맛 감별에는 혀를 내두른다. 작설차, 청차, 우롱차, 보이차, 풍류차는 물론이고 홍차, 말차(일본인들이 즐겨 마시는 전통 가루차), 커피 등 경계를 가리지 않고 즐기는 진정한 다인이다.

어느 날 방림보살이 커피 마시는 모습을 보고 한 스님이 나무란 적이 있었다.

"아니, 다인이 커피를 마셔도 되는 겁니까?"

그러자 방림보살은 이렇게 대답했다.

"저는 맛을 즐길 뿐입니다. 차마다 각기 다른 맛이 있는 것처럼 커피에도 각각의 맛이 있습니다."

각종 예술에도 안목이 깊으면서 한쪽에 치우침이 없고 격식에 얽매이지 않는 성격 때문에 방림보살을 찾아오는 문화 예술인들도 많다. 그녀가 가끔 시름에 잠길 때 나는 말한다.

"차 한 잔 머금세."

이 한마디로 시름이 가라앉고 웃음이 절로 나오는 그가 바로 방림보살이다.

여보게 벗

茶나

먹은세

좋은 것도 때로는 버려야 한다

마당 저편 끝에 있는 크고 작은 항아리 수백 개. 식사하러 갈 때마다 보이는 항아리들 대부분이 엎어져 있다. 비 온 뒤 햇빛이 들면 유난히 눈에 띈다. 항아리들의 빛나는 행렬. 항아리는 머리를 거꾸로 하든 바로 하든 모양이 비슷하다. 비어 있든 차 있든 외모는 다르지 않다.

항아리들은 또 뒷마당이든 앞마당이든 어디에 있어도 어울린다. 처마 밑이나 담장 밑이나, 부엌 안에 있어도 좋고 울타리 밖에 있어도 좋다. 어떤 모습으로든, 어떤 장소에서든 튀지 않는 항아리들. 축서암에서 문수원으로 옮기는 와중에 깨져 버린 것들도 적잖은데 아직 저렇게 많이 남아 눈을 즐겁게 해준다.

항아리의 쓰임새가 관상용에 있지 않다는 건 누구나 알고 있다. 장을 담그고 음식을 저장하는 것이 항아리의 용도지만 우리 항아리들 중에 거기에 쓰이는 것들은 소수에 불과하다.

이들은 원래 된장용이었다. 벌써 20년이 지난 이야기이다. 한때 축서암에서는 된장 장사를 했다. 절에서 된장 장사를 한다고 하니 혀를 차는 사람도 있겠지만 그럴 만한 사정이 있었다. 법당 하나뿐인 암자에 임시방편으로 요사체 두 개를 지어 나름 모양을 갖춰 놓기는 했지만, 축서암은 여러모로 부족한 게 많았다. 언젠가는 불사佛事를 해야 했지만 재정이 넉넉지 않았고, 신도들이 많지 않다 보니 모금을 하기도 민망했다.

한 가지 재산이 있다면 방림보살의 손맛이었다. 정갈하면서도 풍미 있는 방림보살의 음식 솜씨는 통도사 주변은 물론 부산·양산 일대에서 알 만한 사람은 다 알고 있었다. 텃밭에 직접 채소를 길러 무공해 농산물을 수확한 뒤 최소한의 양념으로 재료 고유의 맛을 살려 내는 방림보살의 솜씨는 소문 나기에 자격이 충분했다. 원재료의 맛을 살려 낸 음식은 우리 몸의 원초적 감각과 잠재적 능력을 살려 낸다. 타의 추종을 불허하는 방림보살의 손맛으로 불사를 벌이라는 권유를 받곤 했던 것이다.

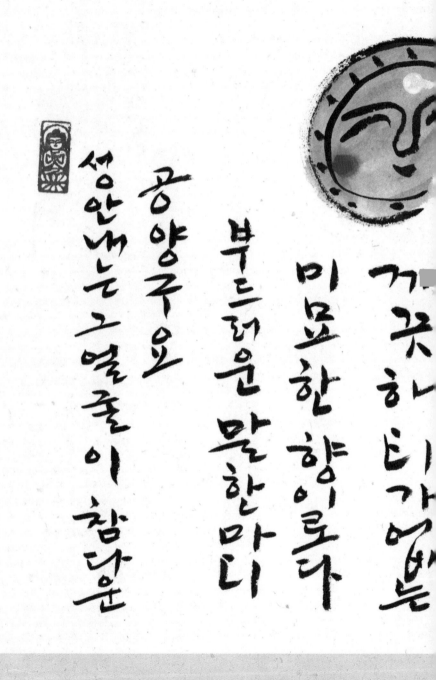

깨끗하고 티가 없는

미묘한 향이로다

부드러운 말 한마디

공양구요

성안내는 그얼굴이 참다운

부처님 마음일세

언제나 한결같은

진실한 그 마음

방림보살의 손으로 된장을 담가 찾아오는 신자들에게 조금씩 팔기 시작했다. 소박하게 시작한 된장이 제법 팔려 나갔다. 해가 지나자 수요가 늘어났다. 신자들도 놀랄 만큼 늘어났는데, 대개 된장을 구입하려는 게 동기였다. 물이 좋은 곳에서, 청정한 콩을 사용해 만든 된장을 사람들이 욕심내는 것은 당연한 일이었다.

불자들을 중심으로 전해지던 장맛 소문은 급격하게 번져 갔다. 해마다 필요한 메주의 양도 비약적으로 늘어 갔다. 그것을 통해 법당을 새로 짓고, 요사체도 증축하고, 내 작업실도 정비했으니, 된장은 축서암에서 중요한 보배가 됐다.

그렇게 몇 해 지나다 보니 점차 절이 된장 공장으로 변해 갔다. 기도하러 오는 사람보다 된장을 사러 오는 사람이 더 많았다. 급기야 내게 메주 스님이라는 별명까지 붙었다.

'아하, 내가 원래 맷돌이었는데 이제 메주까지 왔으니 뭔가 이루긴 했나 보네.'

맷돌에서 메주로 별명이 이동한 것은 나름대로 순서가 괜찮았다. 무에서 유를 창출하는 예술가의 입장에서도 훌륭한 별명이라 흡족해하던 차에, 엉뚱한 곳에서 문제가 발생했다. 영남 지방의 장 유통업자들이 관공서에 진정서를 낸 것이다. 방림보살의 된장에 대한 소문이 너무 넓게 퍼져 나가 급기야 시장 상인들의 된장 판매를 감소

시키는 데까지 이른 것이다.

참으로 고민스러운 일이었다. 정식으로 허가를 내고 유통시킬 수도 있지만 절에서 할 일이 아니었다. 아쉬워하는 신자들에게는 미안했지만 된장 담그기를 중단할 수밖에 없었다. 꼭 필요하고 좋은 것도 때로는 버려야 할 이유가 있다는 것을 나는 그때 알았다. 지금 남아 있는 빈 항아리들의 사연이다. 버려진 저들도 때가 되면 무엇인가에 쓰일 것이다.

파리의 귀부인

우리나라가 고령화 사회로 급변하고 있다며 걱정하는 목소리가 높다. 그 걱정 중 하나가 경제활동 인구의 저하이다. 하지만 내 걱정은 '고령화'보다 '건강한 고령화'가 아니라는 점에 있다. 또 육체적 건강에는 많은 노력을 기울이지만 품위와 지성을 갖추는 데는 관심조차 없다는 점이 걱정이다.

파리 뤽상부르 궁에서 열린 전시회 때였다. 에펠탑 근처의 공원으로 날마다 산책을 나오는 할머니가 있었다. 다리가 불편해서 목발을 짚고, 천천히 공원으로 가는 할머니의 모습이 무척 인상적이어서 자세히 보곤 했다.

인상에 남기는 그쪽도 마찬가지였나 보다. 할머니 역시 하루는 산책을 마치고 돌아가는 길에 전람회장 안으로 들어왔다. 머리를 삭발한 동양인 수도승의 전람회라는 사실에 상당한 호기심이 발동했던 것 같다.

그림들을 죽 훑어본 뒤 달마도 하나를 가리켰다. 그것을 사겠다는 의사 표시였다. 내가 물었다.

"왜 하필 이 그림을 사시려고 합니까?"

"어머니께 선물하기에 적합해서입니다."

나는 깜짝 놀랐다. 외국인들의 나이가 짐작하기 어렵다고는 해도 나이가 한참 들어 보이는 할머니에게 어머니가 있다는 것이 참 신기했다.

"지금 연세가 어떻게 되십니까?"

"아흔여섯입니다."

"그러면 어머니의 연세는 어떻게 되십니까?"

"어머니는 백스무 살입니다. 그런데 나보다 훨씬 더 젊어 보입니다."

정말 그랬다. 다음 날 할머니 모녀가 함께 방문했을 때 나는 할머니보다 더 젊어 보이는 할머니의 어머니를 볼 수 있었다. 이들은 달마대사를 알고 있었다. 프랑스 인명사전을 집필한 대학자의 집안으로, 고타마 명상법을 익혔고 프랑스의 지식인들에게 부처님의 선법을 강의하던 집이라고 했다. 그래서 달마도를 선택한 것이었다.

그런데 전시가 끝나 그림을 정리할 때까지 그 할머니 모녀가 나타나지 않았다. 물론 그림 값은 이미 치른 뒤였다. 연락처로 전화했더니, "가능하다면 집으로 갖다 주면 고맙겠다"고 했다. 전시회를 주선한 앙리 씨가 다녀오기로 했다.

한 시간쯤 지난 뒤, 앙리 씨는 무척 상기된 얼굴로 돌아왔다. 그할머니 집안이 상상 이상의 귀족이라고 얘기하며 흥분했다. 현대 사회에서 그것이 뭐가 그리 흥분할 일인가 싶어 의아해하는 내게 앙리 씨가 진지하게 설명했다.

"프랑스에는 왕족과 귀족 가문의 명예가 진하게 남아 있습니다. 그래서 그들끼리 모임도 갖고, 누가 더 많은 지성인들과 교유하느냐에 따라 명예가 높아지기도 하지요."

앙리 씨 역시 백작 집안의 후손이기 때문에 그들 모녀와의 만남은 새로운 지성인과 인연을 맺게 된 큰 행운이라는 얘기였다. 그리고 몇 가지 그들만의 생활 전통을 들려주었다. 이를테면 지성인으로서의 품위를 지키기 위해서 늙어 죽을 때까지 미美와 지知를 가꾸기 위한 노력을 게을리하지 않는다는 것이다. 규칙적인 산책과 품격 있는 전람회에 늘 관심을 갖는 일도 그와 같은 노력이라는 얘기였다.

언젠가 패티김이 텔레비전에 출연해 자신이 미를 간직하는 비결에

春光

대해서 설명한 적이 있다. 평생 잠자리에서 옆으로 누워 편하게 잔 적이 없고, 먹고 싶은 만큼 먹은 적이 없다는 것이 비결의 핵심이었다. 그 얘기를 듣고 있자니 파리의 할머니 모녀가 떠올랐다. 품위를 지키기 위해서는 그만한 노력이 필요한 것, 어느 한 가지도 저절로 주어지지 않는 것이다.

우리는 지금 고령화를 걱정할 것이 아니라 고령층의 품위를 걱정해야 한다. 우리는 프랑스처럼 귀족이니 왕족이니 하는 혈통문화를 벗어던진 지 오래되었다. 은연중 남아 있는 양반 문화가 있지만 그것 또한 현대인들의 정신세계에 영향을 미치지는 않는다. 어떤 점에서는 모두가 대등한 상태로 품위를 즐길 수 있는 구조인 셈이다. 서민이든 부유층이든 가리지 않고 '품위 있게 늙어 갈 권리'를 유도하고, 노인들도 '오래 산 지혜'를 나눌 수 있도록, 스스로 지성미를 갖추기 위해 노력하는 자세가 필요하다. 그런 변화가 절실한 때이다.

행복 퍼포먼스

내가 프랑스와 첫 인연을 맺은 것은 1985년경이다. 1981년 첫 개인전을 열고, 몇 해 뒤 프랑스 한국문화원에서 초청장이 왔다. 그 초청장이 너무나 반가워 사방에 자랑을 했다. 지금 생각하면 참으로 경망스러운 행동이었다. 외국에서 초청하는 전시를 위해 새로운 그림도 열심히 그렸다. 문제는 프랑스에 도착해서 시작되었다.

잔뜩 기대하고 파리에 도착해 문화원으로 연락했는데, 왠지 우물쭈물하는 것이 이상했다. 담당자 말이, 전시회장이 잡히지 않아서 여기저기 알아보는 중이라고 했다. 얼마나 기다려야 하느냐고 물었더니, 한 달 안에는 잡힐 것이라고 했다. 이거야 원, 눈앞이 캄캄했다. 한국에서 출발할 때 지나가는 개한테도 자랑을 해놨는데 그냥 돌아갈 수는 없었다. 에라, 그동안 프랑스 구경이나 실컷 하자는 생

각으로 파리와 마르세유를 돌아다니며 문화유적을 감상하면서 시간
을 보냈다.

　얼마 뒤, 마침내 전시회가 열렸다. 그런데 말만 전시회일 뿐 관람
객이 한 명도 찾아오지 않았다. 작가와 문화원 직원만 있고 관람객
이 없는 전시회라니, 황당한 상황이었다. 문화원장이 얼마나 민망
했던지 내가 전시장에 가면 얼굴을 마주치지 않으려고 숨기 바빴다.
하루 종일 전시회장에서 멀거니 서 있는 나도 딱했다.
　2~3일 관람객을 기다리던 중에 이래서는 안 되겠다는 생각이 들
었다. 한국과 관계가 있거나 우호적인 사람들을 찾아 전시회를 알리
는 일이라도 하자는 생각이었다. 문화원 관계자에게 부탁해 6·25
때 한국의 전쟁고아를 입양한 집들을 수배했다. 주소록이 나오자 바
로 그들에게 초대장을 보냈다.
　'한국 아이들을 키워 준 데 감사드립니다. 한국문화원에서 수안 스
님 전시회를 하고 있으니 오셔서 선화도 보고 한국 음식도 맛보십시
오.'
　초대장을 보낸 뒤 음식 솜씨 좋은 방림보살이 부랴부랴 준비를 했
다. 현지에서 구할 수 있는 재료를 총동원해 김밥도 싸고 잡채도 만
들었다. 문화원 측에서는 그걸 프랑스인들이 어떻게 먹느냐고 걱정
이 태산이었지만 걱정 말라며 안심시켰다. 넋 놓고 가만히 있는 것

보다는 낫지 않겠는가.

　초청 당일, 놀랍게도 문화원에 사람이 몰려들기 시작했다. 프랑스에 살고 있는 한인들은 물론 나이 지긋한 프랑스인들이 대거 찾아와 오랫동안 전시장에 머물렀다. 관람을 마친 뒤에도 대부분 돌아가지 않고, 준비해 놓은 음식과 차를 마시며 즐겁게 대화를 나누었다. 그림에 대해 묻고, 불교에 대해 묻고, 한국에 대해 물었다. 한 프랑스 할머니는 선화 하나를 가리키며 목에 걸고 있던 보석 목걸이를 풀었다. 그림과 목걸이를 교환하자는 제의였다.

　이럴 때 나는 어린아이처럼 뺑 돌아 버린다. 즉석에서 제안했다.

　"저 그림이 그렇게 좋아요? 원하시면 여기서 당장 그려 드리지요."

　그림을 목걸이와 바꿀 수는 없는 노릇, 바로 한지를 펴고 붓을 들었다. 동양의 자연미를 알릴 수 있는 학을 단숨에 그렸다. 전시회장에서 아무 계획 없이 일어난 퍼포먼스에 관객들이 숨을 죽이고 집중했다.

　"누구, 립스틱 갖고 있는 분 없어요?"

　학을 그린 뒤 립스틱을 찾으니 다들 영문을 몰라 어리둥절해하는 가운데 누군가가 핸드백에서 립스틱을 꺼내 왔다. 그걸 받아 학 주둥이를 빨갛게 칠했다. 빨간 립스틱을 바른 학 한 마리가 섹시하게 태어난 것이다.

난리가 났다. 함성이 터지고, 손뼉을 치고, 그림을 받아 든 할머니
는 금방이라도 울음을 터뜨릴 표정이었다. 즉석에서 일어난 퍼포
먼스로 인해 전시회장은 축제의 장으로 변했다.

이날의 소문이 급속하게 퍼졌다. 이튿날에는 더 많은
사람들이 전시회장을 찾았고, 전시 기간 내내 동양 스
님의 그림과 퍼포먼스를 보기 위해 관람객이 줄을 이
었다. 프랑스 한국문화원이 생기고 사람들이 이렇게
많이 찾아온 전시는 처음이라며 문화원 사람들도 몹
시 행복해했다. 물론 전시한 그림들은 현지에서 다
팔렸고, 추가 그림을 요청하는 이들이 줄을 잇는 등
나는 졸지에 파리에서 인기작가가 되어 버렸다.
어이없게 시작된 첫 파리 전시회는 그렇게 놀라운
성공으로 반전되었다. 모름지기 인생사는 반전이 있
어야 흥이 난다. 그러니 지금의 불행을 운명적으로 단
정 지어서는 안 된다. 불운을 탓하며 주저앉을 이유도
없다.

얼마 뒤 뉴욕에서 법문을 들려 달라는 청이 들어왔다. 눈이 펄
펄 내리던 뉴욕의 겨울, 동국대학교 부총장인 수경 스님을 비롯해

학식 높은 스님들이 잔뜩 모여 있었다.

공부 좀 한다 하는 스님들, 학식 높고 수행 깊은 스님들이 한자리에 앉아 단상을 바라보고 있었다. 단상 위에 올라 이들을 보는데, 쥐죽은 듯 고요한 상태로 눈만 반짝반짝했다. 눈이 펄펄 내리는 뉴욕에서 법문 한 자락 듣겠다고 모여 있는 스님들이 갑자기 애잔해 보였다.

"여우도 죽을 때는 고향 쪽으로 고개를 돌리고 눈을 감는다는데, 스님들은 무슨 인연으로 여기 와 계시오?"

첫마디에 질문을 던졌는데 아무도 답을 하지 않았다.

"여러분 〈고향 설〉이라는 노래 아시오? 밖에 눈이 펄펄 오는데 우리 그거나 한번 부릅시다."

도력 높고 학식 깊은 스님들에게 내 법문이 뭐가 필요하겠는가 싶었던 것이다.

'한 송이 눈을 봐도 고향 눈이요, 두 송이 눈을 봐도 고향 눈일세. 끝없이 쏟아지는 모란 눈 속에, 고향을 불러 보니 고향을 불러 보니 가슴 아프다. 소매에 떨어지는 눈도 고향 눈, 뺨 위에 흩어지는 눈도 고향 눈, 타향은 낯설어도 눈은 눈은 낯익어……'

이처럼 멋진 고향 관련 가사가 또 있을까. 노래 한 자락 부르고 있는데, 앉아 있던 스님들이 모두 울면서 따라 부르는 것이다. 하기야 머나먼 타향에서 눈 날리는 겨울에 이 노래를 듣고 어찌 눈물을 흘리지 않을 수 있을까.

내친김에 〈불효자는 웁니다〉를 불렀다. 어머니 불러서 안 우는 사람 있을까. 어머니 불러서 울지 않는다면 그건 스님도 아니다. 어머니가 부처이고 어머니가 곧 진리이기 때문이다.

이 같은 퍼포먼스가 가능한 배경은 명상에 있다. 괜히 눈이 온다는 서정적 운치를 통해 감성을 자극한다고 되는 경지가 아닌 것이다. 반전도 마찬가지다. 생을 반전시키기 위해서는 꾸준한 자기 수련과 명상이 필요하다. 그런 것들이 쌓이고 쌓여야, 지금의 어려움을 일순간 반전시키는 계기를 만나는 것이다.

자화상

반 고흐는 어느 날 갑자기 발작을 일으켜 자기 귀를 뎅겅 잘라 버렸다. 그리고 어느 날 붕대를 동여맨 자화상을 그리고는 권총을 들어 자신을 쏘았다. 그의 나이 서른일곱 살이었다.

조선시대의 화가 최북은 어느 날 갑자기 손가락으로 제 눈을 찔렀다. 그 역시 한쪽 눈이 먼 자화상을 그리고는 그림 판 돈으로 술을 마신 뒤 눈구덩이에서 잠들었다. 동사凍死한 것이다. 그의 나이 마흔아홉 살이었다.

나는 전시회가 끝날 때마다 함께한 사람들과 파티를 벌인다. 그 자리에서 시꾼들은 시를 쓰고 술꾼들은 술을 마신다. 시는 아름다워야 하고 술은 취해야 한다. 나는 아름다움에도 취하고, 술에도 취해 노래를 부른다. 〈동심초〉를 부르고 〈빠담 빠담 빠담〉을 부른다. 동심은 시 맛이고, 빠담은 술 맛이다.

예술의 흥은 사람을 미치게 만든다. 미쳤으면 좋겠다. 더욱더 미쳐야 하는데 미쳐지지 않아 큰일이다.

전시회를 마친 뒤 암자로 돌아오는 동안, 과연 맛있는 그림을 내놓았던가 자문하곤 한다. 시 맛도 안 나고 술 맛도 안 나는 그림인데, 세상에서 너그럽게 받아 준 것은 아닌지 되돌아본다. 스님이 그린 그림이라고 불자들만 모여 자축을 벌인 것은 아닌지, 스님의 그림이라고 적선하듯 그림들을 들고 간 것은 아닌지, 덜 미친 화가로서의 입맛을 다신다.

아직 나는 자화상을 그리지 않았다. 나는 아직 내 몸을 상처 내지 않았다. 나는 반 고흐도 아니고 최북도 아닌, 수안이고 메주이고 맷돌인 까닭이다.

어쩌면 내가 그린 수백 수천의 그림들이 다 자화상인지도 모른다. 어쩌면 내 몸의 구석구석이 이미 잘리고 찢기고 헐었는지도 모른다. 그렇다. 어느 날 나는 고흐나 최북이 얼마나 행복한 화가였는지 깨닫고 말았다.

1980년대 시국이 수상하던 시절, 고문을 받다 세상을 떠난 박종철이라는 젊은이가 있었다. 직접 얼굴을 마주한 적은 없지만 온 나라를 들썩이게 만든 사건이라 관심을 갖고 보게 됐다. 그 뒤로 '탁 치니 억 하고 물에 코를 박고 죽었다'는 말이 횡행했다. 파릇한 20대 청춘이 '가나니라' 말 한마디 못 하고 떠난 것이다. 자화상은 꿈도 꾸지 못한 채 차가운 벽돌집 안에서 억 하고 죽어 간 것이다. 그때 나도 이미 죽었다는 것을 알았다. 그 젊은 청춘의 사십구재 때 그를 위한 그림을 그린 뒤 다시 또 나를 버렸다.

그리운 사람

비 개인 청산이듯
사랑하는 사람과 티없는 정情 나누며
훨훨 창공을
학鶴인 듯 날고 싶습니다.

하얀 자태
큰 날개로
하늘을 안고
해와 달 포옹하며
산山안개 가벼운 듯
사랑을 하렵니다.

학鶴인 듯
사랑하면서
그칠 줄 모르는 나의 정열은
학鶴머리 붉은 점點보다 더 정열적으로

사랑하렵니다.

그러나 그리운 사람 만나지면
관세음 관세음
진한 양귀비 꽃잎 되어
관세음 관세음
허공을 바라봅니다.

우리 어머님

합장으로 다져진
어머니 불심佛心
어느덧 나도 닮아
합장합니다
관세음
관세음
자장가 되어

사르라니 꿈결에도
관세음
보살을 낳는
우리 어머님.

무소유의 비밀

사미승 시절, 석정石鼎 스님 문하에서 수행하며 해제가 되면 불사佛事에 나섰다. 어느 해 통도사의 사천왕문을 다듬는 공사가 있었다. 6·25 전쟁 때 무지한 군인들에 의해 망가진 사천왕상의 화관을 새로 하기 위해 나는 조각을 했고, 탱화 전문가였던 석정 스님은 그림을 입혔다. 그때 극락암의 경봉景峰 노사께서 공사장을 찾아와 인사드렸더니 스님은 솜씨가 좋다며 내원사 성불암의 현판도 손봐 달라고 하셨다.

그리고 산내의 다른 암자들은 물론 표충사, 동화사, 묘관음사, 서울의 청룡사에 이르기까지 많은 절이 내 손을 필요로 했다. 나는 정성을 다해 조각을 하고 그림을 그렸다. 조각을 하고 그림 그리는 것을 본 사람들이 모두들 솜씨 좋다며 칭찬해 주었다. 칭찬을 받으니 일이 재미있고, 일이 재미있으니 더욱 정성이 들어 갔다.

　나의 조각 인생은 그렇게 시작되었다.

　조각을 하는 동안 나는 무념무상에 빠져들었다. 그것이 좋아서 무엇이든 보이는 족족 파고 새겼다. 아무것이든 상관없었다. 토막 난 나무, 조약돌, 곰보 돌, 무, 감자, 고구마, 무엇이든 보이면 손에 잡았고, 잡히면 그렸고, 그린 대로 팠다. 조각을 하려면 그림을 그려야 했으니, 그것이 내가 화가로 들어선 시원이라고 할 수 있다.

　어느 날 본격적으로 전각을 배워야겠다는 생각에 운여 김광업 선생을 찾아가 사사를 요청했다. 건축가 김중업 선생의 형님이자 기독교 장로이기도 했던 운여 선생의 가르침은 원圓을 많이 그리라는 것으로 압축된다.

　선생의 말씀대로 천 번이고 만 번이고 원을 반복해서 그렸다. 원을 계속 그리다 보니 그림의 원형이 원이라는 느낌이 왔다. 지금도 나는 그림의 상이 잡히지 않을 때면 원을 그린다.

　원은 그림의 원형이기도 하지만 사람살이의 원형이기도 하고, 스님이든 속인이든 우리 모두가 이루어 내야 할 원형일 것이다. 설사 그림과 상관없이 사는 사람이라도 가끔 연필을 잡고 원을 그려 보라고 권하고 싶다. 혹시 아는가, 그때부터 인생이 달라질지.

청산은 나를 보고 말없이 살라 하고

창공은 나를 보고 티 없이 살라 하네
탐욕도 벗어놓고 성냄도 벗어놓고
물같이 바람 같이 살다가 가라 하네

육체의 배고픔과 정신의 배고픔이 골고루 뭉개져 나는 어느덧 화가 스님으로 변해 갔다. 석정 스님 문하에서 불사를 나가곤 할 때는 원망도 많이 했다. 참선을 하고 싶은 내게 조각과 그림을 자꾸 시켰기 때문이고, 일하러 다니는 동안에도 용돈이 늘 궁했기 때문이다.

세월이 흘러 돌이켜보니, 그로 인해 나는 무소유의 삶을 익혔고 예술가로서의 창조적 삶을 이어 갈 수 있었다. 미술적 감각과 구도적 방향, 수행과 예술을 동시에 추구하는 기틀을 누군가 유도해 준 것이었다.

우리는 흔히 옷자락만 스쳐도 인연이라는 말을 한다. 인연은 무서운 말이다. 뭔가 이유가 있기 때문에 스친 것이니 다시 한 번 되새기라는 명령이 그 속에 숨어 있다.

이 세상을 살아가면서 만나는 수많은 인연들과 스쳐 지나가는 사람들, 스치는 미물들, 스치는 자연 현상 어디에나 반드시 비밀스러운 메시지가 있다. 인연을 소중히 여기는 사람들만이 그 메시지를 의미 있게 받아들인다. 인연을 소중히 간직하는 이들은 마침내 비밀을 풀어낸다. 그들이 언젠가 세상에 기여하는 무엇인가를 만들어 내며 주인공이 된다.

인연

내가 열 살 때 전쟁이 일어났다. 밤이면 포탄 소리가 울렸고, 마을 곳곳에서 울음소리가 그치지 않았다. 아들의 죽음을 접하고 통곡하는 어머니들, 팔 다리가 부러져 돌아온 아저씨들 보기가 어렵지 않았다. 수많은 고아들과 고향을 떠난 피난민들이 여기저기에서 신음하고 있었다.

왜 이런 일들이 일어나는지, 전쟁의 아우성 속에서 사람들은 어떻게 살고 어떻게 죽고 어떻게 고통을 해결하는지 어린 눈에는 의아하기만 했다. 그런 고통을 없앨 수는 없는지 막연하게나마 의문을 품었다.

6·25 전쟁을 거치는 동안 집안 환경도 굉장히 어려워졌다. 한의

사였던 아버지가 돌아가신 뒤 집에는 온통 빨간 딱지가 붙어 버렸다. 모든 재산이 차압당해 먹을 게 없었던 나는 이모 집으로 옮겨 가서 살아야 했다.

그때는 술지게미(찌꺼기)가 식사 대용이었다. 동동주에 사카린을 타서 마시면 달착지근하니 맛있었다. 막걸리 지게미나 정종 찌꺼기로 점심을 대신하기도 했다. 멀쩡한 대낮부터 얼굴이 벌게져서 친구들과 돌아다니던 그때부터 나는 장난기가 심했던 것 같다.

이모네 이웃집은 목공소였다. 그 집의 목수 아저씨가 나를 참 귀여워했기 때문에 그곳에서 일을 도와주고 잔심부름을 하며 용돈을 얻어 쓰기도 했다.

어느 날 나는 그 목수 아저씨를 따라 해인사에 갔다. 거기에서 인곡 스님을 만났다. 스님께 절을 하니 스님은 벽에 붙은 그림에게도 절하라고 하셨다. 나중에 알고 보니, 그것은 '한산습득도寒山拾得圖'와 '달마도'였다. 그림에다 절을 하라고 하니 참 이상한 스님이라고 생각했다. 한산과 습득, 재미있게 생긴 두 남자가 웃고 있는 그림과 동그란 눈을 커다랗게 뜨고 앉은 달마대사를 향해 시키는 대로 절을 하다가 나는 기어코 웃음을 터뜨리고 말았다. 그것이 절에서의 첫 절이었다. 큰스님 앞에서 절을 하다 웃었으니 혼나고도 남을 일이었다.

"얘야, 이것 좀 먹어 보렴."

혼낼 줄 알았던 큰스님은 내게 과자와 홍시를 건네주었고, 나는 참으로 맛있게 먹었다. 가뜩이나 배가 고픈 내게 과자와 홍시가 얼마나 감칠맛을 주었던지, 지금도 그 맛을 잊을 수가 없다.

"내일 또 오너라."

도인이 뭔지 불법이 뭔지도 몰랐다. 오직 과자와 홍시를 먹은 것만으로 희열을 느꼈다. 이튿날 친구들을 여럿 데리고 스님을 찾아갔다. 스님은 재미있는 얘기를 들려주었다.

"여기, 바다에 사는 물고기와 땅 위에 사는 여우, 비둘기…… 여섯 가지 동물이 한 줄에 묶여 있다. 그런데 제각각 갈 곳이 다르니라. 서로 제가 가야 할 곳으로 가겠다고 애쓰고 있으니 어떻게 해야 되겠느냐?"

옛날이야기를 해주듯, 스님은 6근六根(눈, 귀, 코, 혀, 몸, 마음) 6식六識(형상, 소리, 냄새, 맛, 촉감, 뜻)을 설명해 주었다. 과자와 홍시를 먹으며 우리는 스님의 말씀을 들었다.

이튿날 또 찾아갔다. 스님은 우리에게 부처님 말씀과 『예경』, 『초발심자경문』, 『미타삼부경』 등의 경전을 설명해 주었다. 그것이 좋아 절에서 먹고 자고 심부름을 하며 지내게 되었다. 그리고 열일곱 살 되던 해 머리를 깎았다. 인연은 그렇게 단순하게 시작됐다. 거창한 원을 세우고 뜻을 이루려고 한 것이 아니었다.

소통의 정점

스포츠도 예술이다. 올림픽에 출전한 선수들을 보면 고도로 숙련된 예술가와 진배없다. 저 기예를 닦기 위해 얼마나 많은 단련과 시련을 견뎠을까. 보는 이들마다 감탄하며 감동하는 이유도 거기에 있다.

2014년 동계 올림픽을 보며 많은 생각을 하게 되었다. 다른 때보다 유난히 관심 사안이 많았고 화두도 많이 나온 올림픽이었다. 그중에서 러시아 대표로 금메달을 휩쓴 안현수에 대한 논란을 빼놓을 수 없다. 그로 인해 우리나라 빙상 조직의 문제점이 드러나고, 새로운 개혁을 해야 한다는 목소리도 높다.

그쪽 세계의 속사정은 잘 모르지만 문득 졸탁동시啐啄同時라는 공안이 떠올랐다. 병아리가 태어나기 위해서는 어미가 밖에서 알을 쪼고 새끼는 안에서 알을 쪼는 것이 동시에 이루어져야 한다는 화두이다. 밖으로 나간 안현수가 세계를 놀라게 함으로써 안쪽에서 자각의 움직임이 일어난 셈이니, 일종의 졸탁이 일어났다고 할 수 있다.

그런데 시선을 넓히면 또 다른 졸탁의 세계를 볼 수 있다. 러시아에서 영웅으로 부각된 안현수는 카레이스키(고려인)들에게 엄청난 희망을 줄 것이고, 그것이 우리에게 또 다른 선물로 돌아올 것이다. 우리는 동계 올림픽을 계기로 잊고 있던 역사를 돌아볼 필요가 있다.

2014년은 고려인이 러시아 연해주로 이주한 지 150주년이 되는 해이다. 1991년 소련이 붕괴한 뒤 3만 명 넘는 고려인들이 중앙아시아에서 연해주로 재이주했다. 러시아 일대에 퍼져 있는 수십만 고려인들은 구소련 시절부터 말할 수 없는 핍박과 강제 이주를 당하며 살았다. 이 중에는 일제 강점기 독립투사의 후손들도 많다. 다행히 극동 러시아의 경제 재건에 이들의 역할이 매우 컸다는 것이 증명되면서 입지가 살아나고 있는 중이다. 한국과 러시아의 외교 관계가 좋아지는 것도 고려인들의 삶에 큰 영향을 미친다고 한다. 그런 점에서도 안현수 같은 영웅의 출현은 새로운 희망 에너지가 되는 셈이다.

지난해 열린 내 전시회도 이런저런 내·외부적인 환경이 작용했을 것이다. 연해주 고려인들은 러시아 내 수많은 소수민족 가운데서도

不識

가장 부지런하고 교육열이 높은 것으로 알려져 있다. 중국의 조선족들이 그렇듯 피는 못 속인다는 말이 실감나는 경우이다.

줄탁동시는 이럴 때 하는 말이다. 정치 문화적 변화에 의한 우리쪽의 노력이 밖에서 알을 쪼는 것이라면, 현지에서 살고 있는 동포들이 그 나라의 발전에 기여함으로써 입지를 든든히 하는 것은 안에서 알을 쪼는 것이다. 잘 모르긴 해도 내 전시회 역시 줄탁동시가 빚어낸 결과일 것이다.

줄탁동시는 불가에서 깨달음의 화두로 사용되는 1700공안 중 하나이다. 깨달음에 목말라 정진하고 정진한 제자에게 결정적인 순간을 맞추어 스승이 한 소식을 전해 준다는 의미다. 바람직한 관계의 극치를 묻는 화두로 불가뿐만 아니라 모든 세상 이치에 의미심장한 메시지를 준다. 요즘처럼 경쟁을 강조하고 대결을 당연시하는 시대에 꼭 필요한 화두이다.

요즘은 과거와 달리 모든 환경이 바뀌어 서로 간의 관계가 복합적으로 작용한다. 이런 시대에 혼자만의 힘으로 무엇을 이루기는 힘들다. 한마디로 상대방과 동시에 '줄탁'을 이루어야 한다. 그런데 자신은 노력하지 않으면서 상대방의 희생만 요구하는 경우가 너무 많다. 자신은 준비하지 않고 상대에게만 결과를 내놓으라고 강요한다. 또

한 결과가 마음에 차지 않으면 원망한다.

상대가 꼭 타인을 말하는 것은 아니다. 시대와 환경도 상대이다. 시대가 변하면서 풍토와 문화가 달라졌는데 옛 가치관에 매달려 고립되는 이들도 종종 볼 수 있다. 그 역시 알을 깨는 타이밍을 놓친 것이다.

요즘 유행하는 '소통'이라는 말은 졸탁동시를 위한 첫 번째 단계와 같다. 졸탁동시를 이루려면 소통의 단계가 필요하다. 소통이 교감을 낳고, 교감이 되면 동시에 알을 깨는 일이 가능해진다.

소통을 잘하려면 예술과 가까워져야 한다. 말로만 소통하려는 사람은 마음을 나누는 교감으로 발전하지 못한다. 말 이상의 언어를 배우는 게 문화와 예술이다. 그 섬세한 세계를 이해할 때 진정한 소통이 가능해진다는 것을 깨달아야 한다.

아름다운 선물

정초가 되면 절도 바쁘다. 부처님께 인사하러 오는 신자들을 위해 잠시 붓을 밀어 놓아야 한다. 신자들에게 줄 봉투 하나하나에 빳빳한 새 돈을 나누어 담는 일은 오랫동안 해온 나만의 방식이다.

봉투에는 해마다 새로운 전각을 해 인장을 찍는다. 관세음보살의 전각에서 약사여래 부처님, 비로자나 부처님으로, 해마다 세뱃돈 봉투의 얼굴이 바뀐다. 새로운 마음으로 시작하는 새해이니 새로운 봉투에 새로운 부처님을 찍어서 새 돈을 넣어 주는 것이다. 그렇게 되면 부처님에게서 세뱃돈을 받는 것이 된다. 나이가 들어 세뱃돈 받는 즐거움을 잊은 지 오래인 장년들은 얼마나 좋아하는지 모른다.

그렇게 순수한 마음으로 시작한 세뱃돈 봉투가 어느 날 생각지도

물고기가 化화하여 붕새가 되고

못한 사건으로 발전해 나를 깜짝 놀라게 했다.

어느 단체에서 주최한 소년소녀가장 돕기 모금 전시회에서, 전시장 한쪽에 내가 만든 세뱃돈 봉투 열두 장을 가지런하게 정렬해 표구한 작품이 걸려 있었다. 열두 분의 부처님 얼굴이 이웃해 나란히 진열되어 있었다. 빛바랜 봉투와 희미해진 인장으로 보아 누군가가 12년 동안 갖고 다닌 흔적이 역력했다.

봉투 안에 넣어 주었던 1천 원짜리 지폐들도 봉투 밖으로 비쳤다. 어떤 봉투에는 1천 원짜리 한 장이 들어 있을 것이고, 어떤 봉투에는 두 장이, 또 세 장짜리와 네 장짜리로 해마다 다르게 넣었던 세뱃돈이 그 안에 그대로 들어 있을 것이다.

놀라운 작품이었다. 그것은 내가 건네준 것이지만 그렇게 간직하고 모아서 표구로 제작한 과정이 하나의 예술이었다. 하나하나 전해줄 때는 새해, 새 돈, 새 봉투였는데 이제 헐고 닳아 또 다른 품격을 이루고 있었다. 서로 다른 사람들에게 따로따로 전했다고 생각한 것들이 한자리에 나란히 모여 있는 데서 오는 신비감이 느껴졌다.

매년 내게서 받은 세뱃돈을 봉투째 간직해 놓았다가 열두 개가 모이자 표구를 해놓았다는 그분, 소년소녀가장들을 위해 아낌없이 내놓은 그분이 누군지 지금도 알 수 없다. 그 작품은 당시 돈으로 1천

2백만 원에 팔렸다. 봉투 한 장에 1백만 원씩 열둘을 셈하고 선뜻 1천 2백만 원을 내놓은 신사가 있었다. 그도 누구인지 알 수 없다. 작품은 그렇게 뜻하지 않게 만들어진다. 누구도 생각하지 못하는 삶의 예술, 정말 멋지지 않은가.

청마의 해

'거지'는 가진 게 없는 사람을 말한다. 사전에는 '남에게 빌어먹고 사는 사람'이라고 씌어 있다. 그러나 거지의 어원은 '크게 걷는' 탁발승에서 유래되었다. 저자 거리에서 양곡을 빌어먹으며 수행을 하고, 사람들의 닫힌 마음을 열게 하는 '크게 걷는' 행위를 가리킨 말이었다. 그래서 출가사문은 늘 거지와 동행한다는 말도 있다.

세월이 지나면 말의 뜻도 변하게 되어 '소유한 것이 없다'는 의미보다 '빌어먹고 사는' 데 방점이 찍혀 비하적 의미가 되었다. 요즘은 길에서 잠을 잔다는 '노숙자'로 바꿔 부르지만 그것이 무슨 소용인가. 거지든 거렁뱅이든 노숙자든 '소유하지 못한 것' 자체를 비하해서는 안 된다.

정작 비하할 일은 희망을 잃어버리는 것이다. 세상을 살다 보면 누구나 시련을 겪고 절망과 마주한다. 살아 있는 모든 생명은 크든 작든 본인의 의사와 상관없이 파란만장한 곡절을 겪는다. 그런 가운데 희망을 만들고, 그 꿈을 이루기 위해 열심히 노력해 가는 것이 우리네 삶이다. 많은 사람들이 지금도 그렇게 살아가고 있다. 그렇기 때문에 세상에서 가장 어리석은 사람은 희망을 포기한 사람이라고

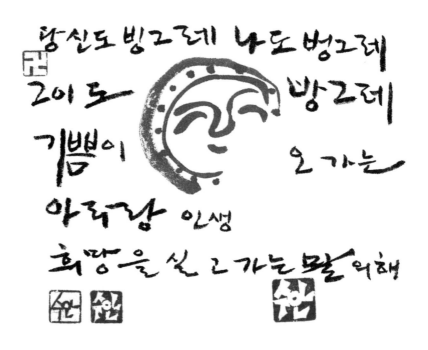

당신도 방그레 나도 벙그레
그이도 방그레
기쁨이 오가는
아리랑 인생
희망을 심그가는말의해

할 수 있다. 물질적 소유가 많고 적음이 아니라 희망을 품고 사느냐 잊고 사느냐가 우리의 삶에서 가장 중요한 것이다.

얼마 전부터 나는 사람들에게 호를 지어 줄 때 '꿈 몽'자를 애용하고 있다. 한마디로 '몽'에 '집착'하는 것이다. "왜 그토록 몽에 집착하십니까?"라는 질문을 받고 생각해 보니 절망하는 사람들이 점점 더 늘어난 것을 알게 되었다.

몽은 희망의 다른 이름이다. 꿈은 아직 일어나지 않은 미래이다.

꿈은 앞으로 이루고 싶은 소망과도 같다. 엄동설한 풀잎 하나 나지 않는 언 땅 밑에서도 생물들은 봄을 기다리며 꿈틀꿈틀 꿈을 꾸고 있는데 사람이 꿈을 꾸지 않는다면 말이 되는가. 살아 있다면 모름지기 꿈을 꾸어야 한다.

아무리 많이 소유해도 꿈을 꾸지 않는다면 불행하다. 인생에서 가장 중요한 것은 소유가 아니라 꿈이다. 꿈의 색깔이 어떤지, 그것을 이루기 위해 어떠한 시도를 하느냐에 따라 미래가 달라진다. 소유한 것이 없어 빌어먹고 살 수밖에 없는 거지라도 꿈을 꾸는 한 존엄하다. 그 꿈을 이루기 위해 어떤 노력을 한다면 더욱더 존엄하다.

2014년은 청마의 해다. 우주의 순환 원리에 따라 누구나 말을 타고 뛸 수 있는 해가 시작된 것이다. 청마는 젊은 말, 기운이 좋은 말, 역동적인 말이다. 그래서 청마의 해에는 많은 변화가 일어난다. '꿈을 꾸고, 꿈을 실현하기'에 안성맞춤인 간지가 갑오甲午년이다. 즉 아무것도 가진 것 없는 사람들에게 기회가 주어지는 해이고, 너무 많이 가진 사람들에게는 경고가 일어나는 해이다. 그런 해에 꿈을 꾸지 않고 변화를 도모하지 않는다면 훗날 자신의 어리석음에 눈물을 흘리게 될 것이다.

꿈꾸는 자가 성공한다

이 이야기는 내가 오래전에 알고 지냈던 한 신자의 사연이다.

그는 머슴 집안에서 태어났다. 그가 태어난 날, 아버지가 모셨던 지주 집 부부도 딸을 낳았다. 그러니까 그는 상전의 딸과 생일이 같은 것이다.

예나 지금이나 그 빌어먹을 신분이란 것이 보이든 보이지 않든 사람의 마음을 얽어매는 세상이다 보니, 머슴의 아들이 태어난 것쯤이야 소문 날 것도 없고 지주 집안의 딸이 태어난 것만 화제가 되었다. 또 머슴 집안에서야 한때나마 모셨던 상전 집안에서 딸을 보았다는 사실을 알고 있었지만, 상전의 집에서는 머슴에게 아들이 언제 태어났는지 어떻게 생겼는지 알 바가 아니었다.

두 아이는 무럭무럭 자랐다. 제각각 부모 밑에서 서로 상관없이 자랐다. 지주 집안의 딸은 중학교에 진학하기 위해 서울로 유학을 떠났고, 머슴 집안의 아들은 당연히 시골에서 드세게 일하며 살았다. 지주 집 딸이 방학이 되어 시골에 내려올 때마다 한두 번 마주치는 정도였는데, 사춘기가 지날 무렵부터 머슴 집 아들에게 연정이 싹튼 게 문제였다. 물론 지주 집 딸은 전혀 관심이 없었다.

지주 집안의 딸은 어느덧 고등학교를 졸업하고 대학생이 되었다. 방학이 되어 시골에 내려왔을 때 우연히 그 집에 심부름을 갔던 머슴 집 아들은 이때부터 연정이 극에 달했다.

한날 태어난 인연 때문인지, 지주 집 딸의 미모가 뛰어나서인지는 알 수가 없지만, 머슴 집 아들의 머릿속은 완전히 지주 집 딸의 생각으로 가득 차 이때부터 아무 일도 못하는 지경이 되었다. 그래도 머슴 집 아들은 생각이 깊어 상전 집 딸을 감히 넘봐서는 안 된다고 생각했다.

하지만 결심의 힘이란 것이 사랑 앞에서는 고양이 앞의 쥐 격이라 눈을 감아도 떠오르는 얼굴을 지울 수가 없었다. 잊으려고 하면 할수록 잊지 못하는 게 사랑의 법칙 아니던가.

머슴 집 아들은 이루지 못할 짝사랑에 점점 시달렸다. 사랑한다는 고백 한번 못하고 제풀에 스스로 지쳐 갔다. 부모님에게도 감히 말할 수 없고, 친구들에게도 의논할 수 없는 처지였으니 심장에 이상이 생길 만도 했다.

　부모는 하나뿐인 아들이 시름시름 앓는데 속수무책이었다. 한약도 써보고, 양약도 써보고, 갖은 치료를 했지만 누워 있는 아들을 일으킬 수 없었다. 머슴 집 아들은 청춘의 나이에 죽음으로 치닫고 있었다.

　그러던 어느 날 아들이 병석에서 일어나 슬그머니 밖으로 나갔다. 살아 있어도 의욕이 없고, 부모님 고생시키느니 차라리 죽는 게 낫다는 생각으로 자살을 염두에 둔 외출이었다. 지독한 상사병에 시달려 온 아들은 마지막으로 자기가 살아온 동네 풍경이나 한번 보고 죽자는 생각이었다.

　아들은 동네 언덕에 있는 느티나무 아래로 가서 마을을 내려다보았다. 나무 밑에는 동네 어른들이 모여 장기를 두고 있었다. 어른들 반대편에 서서 지는 해를 바라보고 있는데 스님 한 분이 걸어왔다. 지나치려던 스님이 느티나무 아래로 와서 땀을 식히자 장기판 앞에 있던 사람들이 스님에게 말을 건넸다.

　"스님, 그냥 가시지 말고 우리에게 복이나 빌어 주고 가소."

　머슴 집 아들은 그들의 대화에 아무런 관심도 없었다.

　"그래, 무슨 복을 받고 싶은데요?"

　스님이 묻자 동네 사람 중 한 명이 대답했다.

깨어나라

"먹고 살기 힘들어 죽겠으니 돈이나 많이 벌게 해주면 좋겠는데요."

"그래요? 내가 줄 복은 없고, 소원을 성취하게 해주는 진언이 있으니 그거나 외워 보시려우?"

"소원을 성취해 주는 진언요?"

"예, 소원성취 진언이란 겁니다. '옴 아모가 살바다라 사다야 시베훔.' 이것만 계속 외우면 됩니다. 꾸준히 입에 달고 외우세요. 그러면 소원이 이루어집니다."

"옴 아모가 살바다라 사다야 시베훔."

머슴 집 아들은 그들의 얘기에 전혀 귀를 기울이지 않고 있었는데, 소원을 성취하게 해준다는 말에 솔깃해 자신도 모르게 그 진언을 외워 버렸다.

스님은 떠났고, 아들은 소원성취 진언을 읊조리며 집으로 돌아왔다. 혹시나 이것을 외우면 지주 집 딸과의 사랑이 이루어지지 않을까 하는 기대를 갖고 날마다 잠자리에 들어서까지 열심히 외웠다.

그런데 이상한 일이 벌어졌다. 진언 외우기를 1백 일쯤 하고 난 어느 날 아침, 잠에서 깨어나니 몸이 개운하고 마음이 상쾌했다. 그동안 애타게 그리웠던 지주 집 딸에 대한 열정도 전혀 느껴지지 않았다. 음심淫心이 가라앉고 마음이 평온해지면서 '이제부터 내 인생을 살아야 되지 않겠는가' 하는 희망이 일어났다.

며칠 뒤 아들은 부모님께 말했다.

"이제 몸이 회복되었으니 서울로 올라가 취직을 해볼까 합니다."

죽어 가던 아들이 회생해 의욕을 갖고 말하자 부모는 좋을 대로 하라며 당장 허락했다.

머슴 집 아들은 아무 공장에나 들어가 기술을 배워야겠다는 생각으로 상경했다. 그 시기엔 그렇게 무작정 상경하는 청년들이 제법 많았다. 서울역에 도착한 머슴 집 아들은 기차에서 내려 어디로 가야하나 곰곰이 생각하며 걸었다. 그런데 무거운 짐을 든 노인이 앞서 걸어가고 있었다.

"어르신, 제가 그 짐을 들어 드려도 되겠습니까?"

서울은 소매치기도 많고, 눈 뜬 사람의 코도 베어 간다는 말을 들었기 때문에 조심스럽게 말했다. 생각이 깊은 청년이었던 것이다.

"그래 주겠나?"

노인은 언행이 정갈한 이 청년에게 호감을 느꼈다. 대합실을 나서며 두 사람은 이런저런 대화를 나누었다.

"자네는 어디로 가는가?"

"예, 아무 공장에나 취직하러 가는 길입니다."

"정해진 곳도 없이 말인가?"

"예, 하지만 찾아보면 나오겠지요."

"허허, 그럼 내가 한 곳을 추천해 줄까?"

"아이고, 그렇게만 해주신다면 백골난망이지요."

머슴 집 아들은 노인이 준 전화번호를 들고 공장에 찾아가 취직을 하게 되었다. 일을 누구보다 열심히 했음은 물론이다.

어느 날 공장에 회장이 방문해 그 청년이 성실하게 일하는지 살피고 갔다. 서울역에서 만난 노인이었다. 그 뒤 머슴 집 아들은 그 회사에서 승진을 거듭해 사장까지 되었다.

이 얘기를 듣는 내내 남자의 사랑이 혹시 이루어지지 않을까 하고 눈을 말똥거린 이들도 많을 것이다. 나 역시 그랬다. 하지만 그런 기대를 여지없이 무너뜨린 이야기이다. 세월이 많이 흘러 이제 그분을 만날 수도 없다. 그가 누구인지 궁금할 이유도 없다. 다만 그가 살아온 과정에 중요한 메시지가 숨어 있기에 전하는 것이다. 인생을 성공적으로 운용하려면 이런 암호를 풀어야 한다.

세상은 인간의 눈으로 볼 수 없는 원리가 작동하고 있다. 가끔 앞뒤가 안 맞고 이해할 수 없는 일들이 일어나기도 하지만 그것은 인간의 눈에 겉으로 보이는 현상일 뿐이다. 보이지 않는 원리가 인간의 눈 이면에서 계속 작동하고 있는데 보지 못하니 이해도 안 되는 것이다.

플라발롤타야 훔
무드라마니파드맛즈바라
옴아모카바일로차나마하
光明眞言

기도와 염원으로 인해 세상이 바뀌는 것도 그런 원리 중 하나이다. 소원성취 진언으로 한 사람의 삶에 변화가 일어난 것도 마찬가지다.

성공이란 무엇인가? 사랑을 이루는 것, 재화를 모으는 것, 권력과 명예를 얻는 것, 가정을 이루는 것, 자녀들을 잘 키우는 것, 모두가 제각각 소원한 것을 이루었을 때 성공이라고 말한다. 하지만 하나의 성공 위에 또 하나의 소원이 나타나기 때문에 궁극의 성공은 존재하지 않는다. 그래서 그때그때 스스로에게 거듭 물어야 한다. 나는 지금 무엇을 하고 있고, 무슨 꿈을 갖고 있는가?

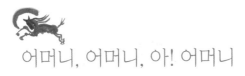

어머니, 어머니, 아! 어머니

내 시에 가장 많이 등장하는 제목이 '사모곡思母曲'이다. 어머니를 그리는 마음을 시로 표현한 '사모곡'은 아마도 이 세상의 모든 시인들이 가장 많이 애용하는 시상詩想일 것이다. '사랑하는 여인'과 '어머니'는 누가 뭐라고 해도 이 세상 모든 시인들의 그리움의 대상일 것이다.

어머니, 그 이름만 불러 보아도 벌써 가슴이 달아오른다. 어머니라는 세 글자만 써보아도 눈이 욱신거린다. 어머니, 어머니, 아! 어머니…….

출가사문이 옛 인연을 끊지 못한 채 아직도 어머니를 그리워한다고 탓하지 마라. 어머니를 그리는 마음은 성스러운 것이다. 우리가 애타는 마음으로 관세음보살을 부르는 것도 알고 보면 어머니를 그

사모곡

누가 지었을까
어머니 이름 석자
기쁠때 불러도 어머니

슬플때 불러봐도
어머니
천번 만번 불러도 싫지 않는 그 이름
어머니
어머니
대신 차 한잔 대접하는
아기가 됩니다

4346

리워하는 마음과 다를 바 없다. 천주교에서 마리아를 애타게 부르는 이유도 어머니의 사랑을 갈구하는 것과 다를 바 없다. 인간의 본능 중 가장 원초적인 것이 바로 어머니를 찾는 마음이고, 그보다 더 큰 사랑은 자식에게 모든 걸 내주는 어머니의 마음이다. 어머니, 관세음보살.

세상의 모든 어머니는 자애로움의 대명사다. 모든 종교의 근본적인 가르침은 '사랑하라'로 귀결되고, 사랑의 극치는 어머니의 사랑이다. 이 세상 자식들에게 주는 무한한 어머니의 사랑이 바로 관세음보살이다. 관세음보살은 무조건적이다. 도무지 말이 안 되는 불평과 쓸데없는 고집을 부려도 빙긋이 웃으며 어깨를 다독이는 어머니, 관세음보살.

요즘은 너 나 할 것 없이 할 말이 많고 목소리가 큰 세상이다. 여기저기서 소리 높여 자신의 주장을 말하지만, 그 말을 들어 주는 사람은 없다. 네가 주장하면 내가 반발한다. 너는 더 크게 주장하고 나는 더 크게 반발해서 세상이 시끄러워진다. 서로 자신이 옳다고 목소리를 높이니 마음을 나눌 수 없고, 결국에는 등을 돌려 편을 가른다.

옳은 말이든 틀린 말이든 도대체 듣는 사람은 누구란 말인가? 이 세상에서 그 말을 듣는 사람은 오직 어머니뿐이다. 어머니는 옳고 그름을 따지지 않고 오냐, 오냐 하며 고개를 끄덕여 준다. 그리고 하얀 머리카락이 바람에 흐트러지듯 조용히 눈을 감는다. 태양이 붉은 노을로 하늘을 물들이다 서쪽 너머로 스러지듯 어머니는 안타까이 이별을 고한다.

석양 무렵 서산에 노을이 질 때마다 나는 어머니를 떠올린다. 어떤 노을은 흥건히 눈물을 맺히게 하고, 어떤 석양은 가슴을 저리게 한다. 낙엽 한 잎이 떨어져 물에 젖는 모습도 어머니 모습이다. 그 낙엽이 흙 속에 스며드는 모습도 어머니 살점인 듯하다.

이 세상 모든 아이들이 밖에서 뛰놀다가 어둠이 내리면 집에 돌아와 어머니를 찾듯 우리도 저녁이 되면 어머니를 찾아야 한다. 달이 뜰 때 청정수 떠놓고 두 손 모아 기도하던 어머니들처럼 우리도 저녁마다 기도해야 한다. 어머니, 나의 어머니, 관세음보살. 이 험한 세상 자식들의 염원을 들어 보소서. 어머니, 관세음보살.

올 것은 오고 갈 것은 간다

사람들이 가끔 묻는다.

"어쩌면 그렇게 순식간에 그림이 나와요?"

칭찬을 좋아하는 나이지만, 이런 말에는 웃을 수가 없다. 그대 눈에는 이것이 순식간으로 보이겠지만, 이 순간의 작업을 위해 얼마나 많은 노력이 있었겠는가. 이런 말이 마음속에서 나온다.

인간사에서 순식간에 이루어지는 성공도 더러 있겠지만 그런 것은 늘 문제가 따른다. 억지로 이루는 것, 순간에 취하는 것들에는 반드시 후환이 따른다. 내 생각이 아니라 엄연한 우주의 법칙이 그렇다. 올 것은 때가 되면 오고, 갈 것은 때를 알아 가야 옳다.

나의 부친은 이른 나이에 돌아가셨다. 어머니 홀로 장사를 다니며 나를 키웠다. 가방 하나 들고 나가 무엇인가를 팔러 다녔다. 모든 것이 궁핍하던 시절에 부모님 보살핌을 제대로 받지 못하고 자라는 아이는 오죽할까. 형편이 말이 아니었다. 어머니는 장사를 다니다 길에서 놀고 있는 나를 보면 불러 세웠다. 그러고는 "아이고 내 새끼, 땟국물 좀 봐라" 하면서 수건에 침을 발라 얼굴을 닦아 주었다. 얼마나 세게 닦는지 얼굴이 아프기까지 했다. 눈을 꾹 감고 얼굴을 어머니 손에 맡길 수밖에 없었다. 어머니니까. 그래야 눈깔사탕 한 개라도 사주실 테니까.

어느 날 그 어머니 생각을 하며 그림을 그리는데 관세음보살이 동자를 꼭 안는 게 나왔다. 원래는 따로 떨어져 있을 관세음보살과 동자인데, 저절로 꼭 안는 그림으로 태어났다. 전시장에 찾아온 사람들이 유난히 그 그림 앞에서 눈물을 흘리며 좋아했다. 모든 이룸은 그렇게 저절로 일어나게 마련이다.

어머니 회갑 때였다. 회갑이 코앞으로 다가오는데 마땅히 해드릴 게 없었다. 수행자 주머니에 돈이 있을 리 없고, 속인들처럼 잔치를 해줄 수도 없었다. 내가 할 수 있는 일이 뭘까 생각하다가 『반야심경』 전문을 써 내려갔다.

길게 써 내려간 종이를 접어 책으로 만들어 드리면 좋겠는데, 책 만들 돈이 없었다. 그래서 병풍을 몇 개 만들어 신도들에게 팔아야겠다는 생각을 했다. 불교 신자들은 집 안에 경전 두기를 좋아하니 적잖이 팔릴 것 같았다.

열심히 『반야심경』 병풍을 만들던 어느 날 저녁 긴급 속보가 들려왔다. 전북 이리역에서 대형 폭발사고가 일어나 수십 명이 죽고, 수천 명이 부상을 입었다는 뉴스였다.

그때가 1977년 11월 11일이다. 그 사고로 59명이 사망하고, 1158명이 부상을 입었으며, 1647세대 7800여 명의 이재민이 발생했다. 그때까지 발생한 폭발사고 중 최악의 참사로, 매일같이 참변 내용과 원인 규명 등이 뉴스에 오르내렸다. 지금은 익산으로 지명이 바뀐 이리역 폭발사고의 원인은 화약 상자였다. 화약을 싣고 가던 화물열차가 이리역에서 잠시 정차했는데, 이때 호송원이 역 구내에서 술을 마신 뒤 종이로 된 화약상자 위에 촛불을 켜놓고 잠든 사이 촛불이 화약 상자에 옮겨 붙어 대폭발 사고가 일어난 것이다.

언제나 그렇듯이 정이 많은 우리나라 국민들은 한마음이 되어 이들을 도왔다. 모금 활동을 벌이고 이재민들의 생활을 위한 구호 활동이 이어졌다. 여기저기서 온정의 손길이 이어지는데, 우리 불교계만 조용했다. 석정 스님에게 우리도 뭔가 해야 하지 않겠느냐고 말씀드렸더니, 이재민 돕기 전시회를 열자고 했다. 우리가 할 수 있는

엄마야 누나야 강변살자

뜰에는 반짝이는
금모래빛
뒷문 밖에는 갈잎의노래
엄마야 누나야—— 강변살자

최선의 방법을 찾은 것이다.

어머니 회갑을 위해 준비하던 병풍 그림과 함께 몇 가지 그림을 더 그려 전시장에 내놓았다. 그것이 내 그림의 첫 전시였다. 첫 전시이 니만큼 다소 겸연쩍었던 것도 사실이다. 절집 안에서야 재주 있다는 칭찬을 많이 들었지만, 대중 앞에 내놓으려니 평판이 어떨지 자신이 없었다. 다만 이재민을 돕기 위한 모금 차원이니만큼 다소 미흡해도 양해를 구하는 심정이었다. 그런데 관람객의 반응이 놀라웠다. 병풍 그림은 물론 일반 그림들까지 모두 팔려 나간 것이다.

회갑 선물은 자연스레 물 건너갔지만 어머니는 만족해했다. 그림 의 주인은 그렇게 바뀌었고, 그로 인해 나는 세상에 알려졌다. 그동 안의 과정이 모두 인연 따라 흘러온 것일 뿐 억지로 무엇을 만든 게 아니었다. 무슨 일이든 순간에 이루어지지 않는다.

새해 첫 손님

새해 첫날 손님이 찾아왔다. 셋이서 정성스레 선물을 하나씩 들고 왔다. 양말 두 켤레, 운동화 한 켤레. 매년 설 때마다 찾아오는 걸인들이다. 아무것도 가진 것 없는 이들이 선물을 사온 것이다.

"하이고야, 예쁘기도 하네. 내 발 사이즈를 우찌 알았노?"

선물을 반갑게 받으며 나도 준비해 두었던 세뱃돈 봉투들을 건네주었다. 선물만 주고받는 것은 아무래도 운치가 없으니 덕담도 주고받았다.

"자, 올해는 무슨 소원을 빌꼬. 우리 어렸을 때 꾸었던 꿈을 하나씩 꺼내 그걸 이루어 달라고 기도할까. 자, 이렇게 두 손을 모으고 따라 하시게. 나무 관세음보살."

자주 찾아왔던 걸인은 익숙하게 따라 하지만 처음 온 사람은 머뭇 머뭇 눈치만 본다. 자꾸 연습을 시킨다. 아무리 쉬운 말도 자꾸 입으로 뱉어 내는 연습을 해야 밖으로 나오게 된다. 계속해서 반복시키는 모습을 멀리에서 보던 방림보살이 "영화 한 편 찍는 줄 알았다"며 웃었다.

이들이 새해 첫날 첫 손님으로 온 지 20년은 족히 넘었다. 축서암 시절 처음 찾아온 한 명의 걸인이 생각난다.

무척 추운 날이었다. 방문을 두드리는 소리에 문을 열었는데 밖에는 아무도 없고 날카로운 바람만 방 안으로 밀려들어 얼른 문을 닫았다.

자리에 앉기 무섭게 다시 쾅쾅 소리가 났다.

"누구요?"

아무 대답도 없었다. 문을 열어 보니 춥기만 할 뿐 아무도 보이지 않았다. 다시 돌아와 앉기 무섭게 또 쾅쾅쾅 소리가 났다. 슬그머니 화가 났다. 신발을 신고 나가 사방을 살펴보았다. 담벼락 밑에 한 사람이 서 있었다. 문 옆 담벼락에 찰싹 달라붙어 두 손을 오그리고 서 있는 모습이 영락없는 거지였다. 은근히 화가 났다. 거지의 행색 때문이 아니라 문을 두드린 뒤 납작 숨어 있는 행위가 왠지 모르게 놀림감이 된 기분이었다.

"무슨 일이고?"

그는 대답 대신 두 손을 모아 앞으로 내밀었다. 갑자기 그 손이 애처로워 보였다.

"이리 들어온나."

　그는 들어올 의사가 전혀 없는 듯 말없이 손만 내밀 뿐이었다. 방 안에 들어가 가지고 있던 약간의 밥값을 찾아 손에 쥐여 주니 연신 굽실거리며 돌아섰다. 세상인심이 아무리 야박해도 절에서까지 거지를 박대할 수는 없다.

　그렇게 몇 차례 왔다 간 거지가 오랫동안 나타나지 않으면 은근히 궁금하기도 했다. 마주칠 때는 번거롭다는 생각이 들지만 시간이 지나면 문득 궁금해지는 게 인지상정이다.

　해가 바뀌고 설날 아침, 그 거지가 궁금증을 풀어 주려는 듯이 찾아왔다. 무엇인가를 마루 위에 올려놓고는 꾸벅 절만 하고 떠났는데 포장지를 열어 보니 양말 두 켤레였다. 며칠 뒤 또 다른 거지가 내의를 사다 주고 갔다. 내가 받은 선물 가운데 가장 기분 좋은 선물, 참으로 아름다운 선물이었다. 나는 양말과 내의를 번갈아 만져 보고, 입어 보고, 신어 보았다.

　그날 이후부터 새해마다 연례행사가 되었다. 나는 그들에게 세뱃돈을 주고, 그들은 작은 선물을 주고 간다. 부산에서 버스를 타고 온 그들은 통도사 입구에서 내려 산길을 걸어서 올라온다. 여간한 정성 없이는 힘든 일이다. 산길을 걸어서 쉬엄쉬엄 암자를 찾아오던 옛날 신자들은 사라진 지 오래, 거지들의 정성은 가히 부처를 닮은 셈이다. 내가 준 빳빳한 세뱃돈이 담긴 한지 봉투를 들고 돌아가는 그들의 발걸음이 씩씩해 보인다.

어느 해부터인가 나도 생각을 바꾸었다. 그들에게 인사치레 세뱃돈만 건네지 않고 기도를 가르쳤다. 아주 단순한 기도라도 알려 주는 것이 좋을 것 같았다.

"절에 세배하러 왔으니 불교신자 아닌가. 그렇다면 기도 한 줄이라도 외워야 하지 않겠는가. 나무 관세음보살. 산을 내려가면서 관세음보살을 자꾸 읊조리면 마음이 상쾌해지고 기분이 좋아질 테니."

어떤 친구는 바로 따라 하고 어떤 친구는 영 입이 열리지 않는다. 오랜 노숙자 생활에 종교와 멀어진 탓도 있고, 사람들과 접하는 것이 낯설고 두려워진 탓도 있을 터이다. 배시시 미소를 짓고 우물쭈물하다 마침내 관세음보살이 합창으로 나올 즈음 저희들끼리도 즐거워한다. 그때 웃는 얼굴은 어린아이마냥 천진난만하다. 이제 저들의 마음속에 얼마간 기쁨이 꼬물거리고, 기쁨은 머지않아 희망이란 불씨로 변할 것이다.

세상에서 가장 큰 복은 희망이다. 희망을 갖고 사는 삶과 희망을

제자에게 法을 전하시다

잊고 사는 삶은 차원이 다르다. 지금 차가운 시멘트 바닥이나 어두운 거리에서 웅크리고 자는 노숙자들도 꿈과 희망이 있었을 것이다. 어느 순간 어떤 일로 인해 그것을 잃은 것뿐이다. 희망을 잃은 뒤 그 희망을 회복할 계기가 생기지 않으니 이제는 희망이 뭔지조차 아예 잊었을 것이다. 그것을 되살리자면 인연이 필요하다.

부산의 어느 골목 찬 겨울바람이 부는 곳에서 잠을 자고 일어난 한 명의 거지가 새해 첫날 통도사행 버스를 타고 작은 암자를 찾아온 것도 변화의 하나다. 무슨 생각으로 그리했는지는 알 수 없으나, 그로 인해 삶의 변화가 일어났다면 이제 희망이 생긴 것이다.

그들이 떠난 뒤 방으로 돌아와 천진한 동자승을 그렸다. 옷은 남루하지만 마음이 깨끗한 어린아이의 미소 위에 방긋방긋 햇님 하나를 그렸다. 합장하는 두 손바닥 속에는 '꿈과 소망'의 기를 불어넣었다. 그들로 인해 새해 첫 그림이 탄생했으니 나는 또 아름다운 선물을 받은 셈이다.

병은 곧 약이다

몽수夢壽처사가 물감을 구해 왔다. 구하기 힘든 철료 물감을 구하자 마음이 급해 스스로 차를 몰고 온 것이다. 귀한 물감도 물감이지만 대구에서 여기까지 직접 운전을 해서 온 것이 더 반가웠다. 얼마 전까지만 해도 휠체어를 타고 다녀야 했는데, 이제 절뚝거리긴 해도 운전이 가능할 정도가 됐으니 얼마나 다행스러운 일인가.

K대학교 화학 전공 교수였던 그에게 몇 년 전 뇌출혈 증세가 나타났다. 대학 시절부터 축서암을 찾아오던 이 교수와의 인연은 무려 30여 년이나 된다. 학위를 취득하고 대학에 자리를 잡은 뒤, 동료들 제자들과 함께 꾸준히 나를 찾아오던 세월 속에 잔정이 깊게 들었다. 이과대학 교수이면서 문학을 좋아하고, 한자에 조예가 깊고, 예

술적 안목까지 갖춰 대화가 잘 통했다. 그가 곁에 있으면 창조적 영
감도 활발해져 붓이 한결 가벼워지곤 했다.

좋은 인연이란 바로 이런 것이다. 서로 마음을 터놓은 대화나 마
음 씀씀이들이 오가는 가운데 좋은 기운이 솔솔 흘러나오는 것이다.
반대로 마음이 불편해지고, 주변과 세상에 대한 원망을 싹트게 하는
나쁜 관계도 있다. 이처럼 관계는 수많은 형태의 에너지를 만든다.
지친 삶에 힘을 주는 에너지를 갖는 일은 누군가와의 관계로부터 시
작된다.

몽수란 이름은 이 교수가 병원에서 나와 처음 문수원을 찾아왔을
때 붙여 준 두 번째 호이다. 꿈 몽夢, 목숨 수壽, '죽음을 넘어 다시
살게 된 삶'을 뜻하는 이름이다. 한마디로 '새로운 꿈과 희망으로 다
시 사는 인생'이다. 그는 몽수라는 이름을 기꺼이 받아들이며 즐거
워했다. 건강도 차츰 나아지고 있다.

"병원에서는 몸의 치료를 받지만 스님의 말씀은 제 마음을 낫게
하는 약이 됩니다." 몽수처사가 했던 말이다. 하긴 나도 이제 나이가
들어 정기적으로 병원을 찾는다. 몸이 아프면 병원을 찾아야 하고,
의사의 진료를 받아 치료하는 것이 마땅하다. 의사를 믿어야 하고,

발밑을  바라보라

담당 의사의 치료에 모든 것을 맡겨야 한다. 그렇지만 자신의 병과 마주하는 환자의 마음이 무엇보다 중요하다. 그것이 결정적인 치료제라는 것을 의사들도 인정한다. 몸에 이상이 찾아왔을 때 마음까지 병드는 사람들을 우리는 얼마나 많이 보는가.

반대로 자신의 몸에 이상이 왔을 때 정신세계가 더 깊어지고 웅숭해지며 마음이 깨끗해지는 사람도 수없이 많다. 어떤 점에서 병은 그동안 앞만 보고 달려온 삶의 방향을 바꾸는 중요한 전환점일지도 모른다. 온갖 세파에 눌려 잊고 지내던 꿈을 다시 꾸고, 소싯적 순수한 세계를 돌아보게 하는 계기를 주기도 한다. 병은 곧 약이기도 한 것이다.

몽수처사는 몸에 병을 얻은 뒤부터 눈이 영민해졌다. 영축산 문수원을 찾아올 때, 과거에 보지 못했던 풍경들을 새삼 보게 되었다고 한다. 풀과 나무, 해와 구름, 산과 들, 바람의 숨결까지 느끼고 볼 수 있게 된 것이다. 얼마나 좋은 약인가.

당신이 참 좋습니다

몽수처사와 함께 언양 시내로 나갔다. 좋은 물감을 구해 온 보답으로 맛있는 저녁을 사주기 위해서였다. 통도사 입구에 있는 중식당에서 '지구에서 가장 맛있는 짜장면'을 사줄까 했지만, 저녁 식사로는 아쉬울 듯해서 언양으로 나가기로 했다.

통도사 입구 중국집은 내가 첫손에 꼽는 식당 중 하나이다. 사하촌에 자리 잡은 지 반 세기가 넘은 이 중식당을 나는 '지구에서 가장 맛있는 짜장면 집'이라고 부른다. 고기를 넣지 않고 버섯과 야채 중심으로 만든 짜장면, 면발과 양념이 입에 착착 달라붙는다. 젊은 시절 다른 스님들이 차를 마시는 동안 혼자서라도 이 집 짜장면을 먹곤 했을 정도이다.

언양의 한식당도 그 집 맛에 뒤지지 않는다. 30년 넘게 인연을 맺어 온 식당에 들어서면 사장님 부부도 주방장도 늘 반가워한다. 맛있는 음식을 해주는 것이 고마워 그림 한 점 선물하겠다고 말한 지 제법 되었다. 시간이 너무 지체되면 허언이 되기 십상인지라 힘차게 날갯짓하는 학 그림을 두 장 그린 뒤, 필묵을 지참해 방문했다. 언제나 그렇듯 먼 곳에서 친척이라도 찾아온 양 반겨 주는 모습에 다시 또 흥이 돈다. 음식이 나오는 동안 그림 속의 학 위에 화제를 붙였다.

'당신이 있기에 참 좋습니다.'

식당 사장님께 전하는 축복의 염원이다. 나도 당신이 좋고, 당신도 찾아오는 손님들을 좋아하고, 손님들도 당신을 좋아하며, 만나는 모든 사람들을 좋아하게 되리라. 그에게 '몽우夢友'라는 호를 붙여 주었다. 식당을 통해 수많은 벗들을 만나고 그들과 교유하는 꿈같은 인생을 누리라는 메시지다. 그런 글을 쓰는 동안 마음이 개운해지고 신이 났다.

좋아하는 마음은 말을 하지 않아도 상대방이 느낀다. 전파되는 힘도 대단히 강력하다. 좋아하는 마음이 발동하면 좋은 기운이 뻗어 나가 또 다른 사람에게로 전파된다.

'당신'의 '당'자에 특히 힘이 더해져 굵직하게 써졌다. '당'이란 글자에는 세 번 존경한다는 의미가 담겨 있다. 지금 보이는 그대, 지금까지 살아온 그대, 지금부터 살아갈 그대를 모두 존경한다는 의미가 함축되어 있는 것이다. 요즘은 이 단어가 존경의 의미를 잃고 변색되어 안타깝지만 2인칭으로 쓰일 때도, 3인칭으로 쓰일 때도 이 말의 근저에는 존경의 의미가 담겨 있는 것이다.

'참'이란 단어도 지구에서 몇 되지 않는 기막힌 단어다. '참'은 진실과 정말이라는 의미를 갖고 있지만, 그보다 훨씬 맛이 깊고 담백하다. 이 세상의 모든 사물들 가운데 본질적 속성이 변형되지 않는 것에 '참'을 붙인다. 참말, 참깨, 참기름, 참나무……

서양인들이 와인을 숙성시킬 때 오크나무를 사용하는 이유도 바로 '참나무'이기 때문이다. 참나무는 재질이 단단하면서도 은근히 공기가 통하기 때문에 이때 좋은 성분은 남기고 불순한 것들은 내보내는 역할을 한다.

'당신이 참 좋습니다.' 이 말을 자꾸 반복하고 음미하는 것도 기도가 된다. 간혹 보기 싫은 사람을 만날 때, 기분이 불쾌해질 때, 왠지모르게 일이 잘 풀리지 않을 때 읊조려 보라. 당신이 참 좋습니다, 당신이 참 좋습니다, 당신이 참 좋습니다. 반복하는 동안 뭔가 변화가 일어날 것이다.

희망을 기다리는 마음

수행자는 지나치게 음식을 탐하는 것이 금기시된다. 음식 맛에 집착하면 수행에 방해가 되고, 강한 양념에 길들여지면 건강에도 해롭기 때문이다. 그럼에도 불구하고 나는 맛을 따지고 밝히는 편이다. 맛있는 음식과 맛없는 음식에 대한 구분이 일반인들보다 예민한 것은 아마도 예술가로서의 기질 때문인 것 같다.

언양의 식당을 고집스럽게 찾는 이유도 맛있고 편한 집이기 때문이다. 맛있는 식당은 대개 주인과 일하는 직원들의 조화가 잘 이루어져 있다. 손님을 대하는 표정이 밝은 것은 물론이고, 자기 역할도 충실히 하는 것을 한눈에 알 수 있다. 손님들은 맛도 중요하지만 알게 모르게 그런 분위기에 영향을 받는다. 이 집도 마찬가지다. 왠지 모르지만 일하는 모두가 닮아 보인다. 한 가족처럼 느껴지고, 특히 사장과 주방장은 형제라고 해도 믿을 만큼 얼굴이며 행동이 닮았고, 영남과 호남으로 고향이 다른데도 말투가 비슷하다.

사람들을 좋아하는 사장에게 몽우夢友란 호를 지어 준 뒤 주방장에게도 '몽'의 돌림자에 어울리는 글자를 찾아보았다. 고향을 물으니 전라도 지역의 섬이고, 성은 제주 고씨라고 했다. 얼굴은 평안하고 혈색이 좋으며 손맛이 깊은 사람.

'참 좋은 인연입니다.'

화제를 쓴 뒤 '몽연蒙淵'이라는 호를 붙이고, 그의 이름을 쓴다. 제주 고高자를 쓰면서 상형문자의 누각을 사다리처럼 길게 늘어뜨린다. 더 높이 오르라는 염원을 담은 것이다. 높이 오를 수 있다는 희망의 기를 불어넣은 것이다.

많은 사람들이 높이 오르기를 꿈꾼다. 많은 사람들이 남보다 더 크게 성공하기를 원한다. 큰 집에서 살고 싶고, 더 많은 돈을 벌고 싶고, 더 큰 권력과 명예를 원한다. 하지만 진정한 성공은 자신이 가진 재능을 최대한 살려 다른 사람들에게 행복을 선물하는 것이다. 스스로 갖고 있는 능력을 개발하고 연마하여 더 나은 것을 만들어가는 것이 성공이고 행복에 이르는 길이다.

주방장은 맛을 만드는 사람이다. 그로 인해 수많은 사람들이 맛을 즐기며 기뻐하고 작은 행복을 느낀다. 작은 것은 정말 위대한 것이다. 누군가에게 그런 기쁨을 줄 수 있는 능력을 더 개발하고, 탐구하고, 정진하는 것은 자신뿐만 아니라 타인을 위해 얼마나 멋진 일인가.

모래탑

나는 경남 통영에서 태어나 진주에서 어린 시절을 보냈다. 어렸을 적 진주 남강에서 물고기를 잡고 헤엄을 치며 놀았다. 우리가 강에서 헤엄을 치며 놀면 강 위쪽에서는 어른들이 천렵을 했다. 해 질 무렵이 되면 아이들이 어른들의 틈바구니로 끼어 들어가 잡은 물고기를 함께 구워 먹기도 했다. 강변의 자갈밭에 모닥불을 피우고 붕어와 버들치를 구워서 어른들은 소주잔을 들고, 아이들은 젖은 옷을 말리며 왁자지껄 떠들었다.

어느 날 오후 평소와 마찬가지로 웃고 떠들며 동네 어른들이 강에서 잡은 물고기로 붕어구이를 해 먹고 있을 때 나는 한쪽 모래밭에서 탑을 쌓았다. 손바닥으로 모래를 쓸어 모아 올리고 또 올렸다. 젖

은 옷에 모래가 달라붙고, 젖은 머리에 햇볕이 내려앉는 줄도 모르고 모래탑 쌓기 삼매에 빠져 있었다.

정성을 다해서 쌓아 내 키만큼 올라간 모래탑은 물기가 빠지는 대로 스르르 무너져 내렸고, 그러면 나는 다시 쌓아 올리곤 했다. 무너진 모래탑을 쌓아 올리기를 반복하면서 문득 주위를 돌아보는데 아무도 보이지 않았다.

모두들 어디로 갔을까. 온 세상이 적막강산에 빠진 것 같았다. 함께 놀던 아이들도 떠나고, 소주잔을 기울이던 어른들도 떠나고, 남은 것은 모닥불이 타다 남은 재와, 그 곁의 자갈과 모래, 그리고 흐르는 강물뿐이었다.

나는 오랫동안 적막한 강가에서 노을을 받아 반짝이는 강물을 바라보며 앉아 있었다.

세월이 흘러 나는 출가승이 되었고 조주선사의 무無자 화두를 들고 정진하게 되었다. 10년, 20년, 30년, 無자를 들고 '조주는 왜 無라 했는가' 묻고 또 물었다. 때로는 선방에 앉아, 때로는 유랑하며 질문을 반복하다 우연히 조각을 하고 그림을 그리게 되었다. 나무든 쇠붙이든 형체 있는 것이 보이면 칼을 들어 조각을 했고, 거기에 틈틈이 無를 새겼다. 아무데서나 빈 종이가 보이면 그림을 그려 채웠다. 그곳에도 틈틈이 無를 그려 넣었다.

오늘도 종이 위에 無자를 그린다. 無 위에 無를 쌓고 無 위에 無를 쌓아 탑을 세운다. 無자 탑을 세울 때는 진주 남강에서의 적막했던 저녁을 떠올린다. 그 저녁의 황혼과 흐르는 강물과 무너져 내린 모래탑이 눈앞에 보인다. 내게 있어 無는 이렇게 번잡스럽다. 無자를 무사히 그리는 것, 이것이 내 그림의 화두이기도 하다.

산도 사람을 그리워한다

산에 들어앉아 있으면 산이 보이지 않는다. 산을 보려면 어느 정도 산에서 물러나야 한다.

운수납자로 떠돌기 수십 년에 전람회다 여행이다 끝없이 돌아다니며 겨우 하나 깨달은 것이 '내 살 곳은 산'이라는 것이다. 그래서인지 집도 절도 없다는 떠돌이나 노숙자들 얘기를 들으면 이런 말이 나온다.

"와, 그 사람 참 부자네. 그 사람에겐 집 대신 산이 있을 것 아닌가."

산은 집이나 절과 다르다. 산에는 문이 없다. 울타리도 없고 담도 없다. 누구나 산에 들어가면 주인이 된다.

　간혹 노숙자에 관한 뉴스를 들을 때면 나는 문득 '그들이 노숙하는 곳이 산이었다면 덜 피곤할 텐데' 하는 생각을 한다. 지하도의 차가운 시멘트 바닥보다, 신문지 이불보다 산은 부드럽고 따뜻하다. 노숙자들이 텔레비전 화면에 비칠 때마다 나는 숲을 한 채 안고 가 덮어 주고 싶은 마음이 들곤 한다.

오래전, 정부에서 노숙자들을 모아 산으로 데려갔다는 보도가 있었다. 벌목도 하고 숲의 환경도 가꾸는 공공 근로 사업을 시킨다는 것이었다. 구체적인 일까지는 모르지만, 또 노숙자들의 생각이 나와 같지는 않겠지만, 그들이 산으로 들어간 것은 참 다행한 일이라고 생각했다. 몸과 마음이 얼어붙어 있는 그들에게 산이 마음의 여유를 줄 것이기 때문이다.

집에 사람이 살지 않으면 금방 헐고 낡아 폐허로 변하듯이 산도 사람을 그리워한다. 도시에 나갔다가 서둘러 입산할 때 나는 산이 나를 반기는 느낌을 받는다. 밤이 오고 아침이 밝을 때는 산이 잠들고 깨어나며 숨을 쉬고 있음을 느낀다. 그렇게 산에서 산과 함께 호흡하노라면 어느 순간 산을 잊고 만다. 그럴 때 마당에 나와 산을 올려다보면 산이 텅 빈 것을 알게 된다.

30여 년 전 겨울, 텅 빈 산에서 무작정 걸은 적이 있다. 옆구리가 터진 검정 고무신을 새끼줄로 칭칭 동여매고 재약산 구석구석을 훑고 다녔다.

새하얗게 눈이 뒤덮인 산길을 걷다 보니 보이는 모든 것이 허허롭기만 했다. 바람이 눈썹을 훑고 허리께로 파고들었고, 찢어진 고무신 틈새로 눈이 파고들었다. 발은 흠씬 젖어 있었지만 춥거나 시리지 않았다.

　그 순간 어릴 적 등 긁어 주던 어머니의 따뜻한 손이 떠올랐다. 발바닥에서는 눈물이 흐르고 볼에서는 눈물이 흘렀다. 산이 나를 녹인 것인지, 내가 산을 녹인 것인지 모를 일이었다. 산에서 떨어져 나와 있을 때 비로소 산이 그립듯이, 세월이 많이 흐른 지금 옛날 그 산이 또 그리워진다. 산에 살면서 나는 날마다 산을 그리워한다.

다선노

극락 가는 길 없는 그곳에
명정明正이 있다.
청청 푸른 솔 잘생긴 늘씬함도 아니요
맑은 바람소리는 더더욱 아니올시다.

영嶺마루 어디메쯤
꼭 있었음 하는
그곳에
마르지 않은 옹달샘 옆에
붙박이 반석돌처럼
온 산을 품에 안고
파란 이끼 데불고
거기 있다.

토종 간장 짜디짠
차茶 한 종바리 입에 물고

묘妙한 미소는 미륵님이신가.

노송老松의 옹이살
고원古園으로 있다.

3장 지금 눈앞의 것을 사랑하라

마음 공부

공부를 잘한다는 것은
나를 잘 다스리는 것입니다
그림을 잘 그린다는 것은
곧 나를 빛나게 다스리는 것입니다
나 없는 공부
나 없는 그림
나 없는 예술은
선禪의 묘용妙用입니다
그러기에 선禪을 익힙니다.

간절히 염원하라

아침마다 법당에 들어가 부처님 전에 새 돈을 올린다. 하루하루 봉투를 바꾸어서 날마다 새 돈을 올리며 기도한다.

'남북한 7천만 동포들이 돈의 노예가 되지 않도록 도와주십시오. 이 돈을 받으시고 대신 이자를 듬뿍 얹어서 중생들의 품 안으로 돌려주십시오.'

스님이 무슨 돈타령이냐고 흉볼지도 모르겠다. 청정비구가 돈을 밝힌다고 손가락질할지도 모르겠다. 그렇지만 스님일수록 돈을 알아야 한다. 돈의 가치를 알고, 돈의 귀중함을 알고, 돈 벌기가 얼마나 힘든지 알아야 스님 자격이 있다.

신자들에게 시주를 받아서 생활하다 보면 돈의 귀중함을 모를 수가 있다. 간혹 스님들이 절에서 돈 때문에 싸움을 벌여 눈살을 찌푸리게 하는 사건들이 터진다. 그게 다 돈을 모르기 때문이다. 돈을 모르니 함부로 돈을 써대고, 그 맛에 길들어 밥그릇 싸움에 빠지는 것이다. 돈은 그렇게 위험한 것이기 때문에 그 실체를 정확히 알아야 하는 대상이기도 하다.

불행하게도 나 역시 아직은 돈에 대해서 잘 모른다. 딱한 일이다. 하지만 돈이 참 많았으면 좋겠다. 나도 돈이 많고, 나를 찾아오는 거지도 돈이 많고, 집배원 아저씨도 돈이 많고, 우리나라 사람들 모두 돈이 많았으면 좋겠다. 그래서 북한에서 굶어 죽는 노인들, 아이들, 아프리카에서 굶어 죽는 사람들, 영양실조에 걸린 사람들을 한없이 도와주는 나라가 되었으면 좋겠다. 그러나 불행하게도 내게는 그만한 돈이 없다.

요즘은 많이 풍족해졌는데도 오히려 돈 때문에 불행해진 사람들이 늘어난 것 같다. 돈이 없어 가난했던 시절보다 더 괴로워하고, 자살하는 사람들도 늘어났다. 어찌 된 일인가? 종교인도, 수행자들도 책임이 무겁다. 종교가 제 역할을 했더라면, 종교가 돈의 본질을 제대로 알고 잘 다스리는 법을 일깨웠더라면 우리의 모습이 지금보다 훨씬 나아지지 않았을까. 모두가 돈을 좇아가는 이 험난한 세상을 바로잡는 데 종교가 제 역할을 해야 한다.

수행자는 돈으로 부유해지지 않고, 돈의 노예가 되지 않아야 하기 때문에 돈을 알아야 한다.

어느 날 50대 후반의 점잖은 신사가 말했다.

"스님, 이제는 굶어 죽는 사람도 없고, 피죽을 끓여 먹는 세상도 아닌데 왜 이렇게 힘들까요. 저희 때는 힘들어도 열심히 일하고, 꾸준히 저축하면 집을 장만할 수 있었는데, 지금 아이들은 아무리 저축을 해도 그 돈으로 집 장만할 가능성이 없답니다. 이 아이들이 저희가 자랄 때보다 더 불쌍해 보여요."

생각이 깊은 분이다. 희망의 소중함을 아는 사람인 것이다. 가난해도 희망이 있으면 불행하지 않지만, 부유해도 희망이 없으면 불행해지는 마음의 원리를 이해하는 사람이다.

사람들은 흔히 이렇게 말한다.

"돈의 노예가 되지 마라, 돈은 결코 중요하지 않다, 마음이 부자인 사람이 행복하다."

참 좋은 말이다. 하지만 아무리 그렇게 말해도 자본주의 사회에 살고 있는 현대인들은 돈에 얽매일 수밖에 없다. 자본의 여유가 없고 궁핍한 사람에게는 더욱 어려운 일이다. 돈, 돈, 돈. 이 골칫덩이를 어떻게 해결할까.

돈을 모으려면 우선 돈이 돈다는 사실을 알아야 한다.

이 세상은 제행무상諸行無常 부증불감不增不減의 원리로 돌아간다. 제행무상, 존재하는 모든 것은 변하게 마련이다. 어느 한 가지도 영원히 멈춰 있지 못한다. 돈도 마찬가지다. 부증불감, 우주의 모든 존재는 늘지도 않고 줄지도 않는다. 다만 변할 뿐이고, 흐를 뿐이다. 일정한 양이 이리저리 움직이고 돌아다닌다. 돈도 마찬가지다.

변하고, 움직이고, 돌아다니는 흐름에는 일정한 법칙이 있다. 바로 인과因果의 법칙이다. 모든 결과는 반드시 어떤 이유에 의해서 나타난 것이니 돈도 가야 할 곳을 찾아가는 것이다.

"그렇다면 부정 축재나 사기 횡령으로 모은 돈도 제 갈 곳으로 갔다는 겁니까?"

이렇게 묻는 것은 당연하다. 하지만 모르는 말씀이다. 길게 보면, 그들은 그만한 대가를 반드시 치르게 된다는 것을 알 것이다. 당장은 축재의 기쁨에 사로잡혀 위세를 떨지만, 그만큼 혹독한 대가가 뒤따르게 되어 있으니 너무 억울해하지 말 일이다.

부정한 방법으로 축재한 사람들은 반드시 그만큼의 대가를 받을 것이니, 거꾸로 생각하면 돈 버는 법이 나온다. 작은 돈이라도 누군가를 위해 성심껏 베풀면 언젠가 그만큼의 대가가 오는 것이 순리이

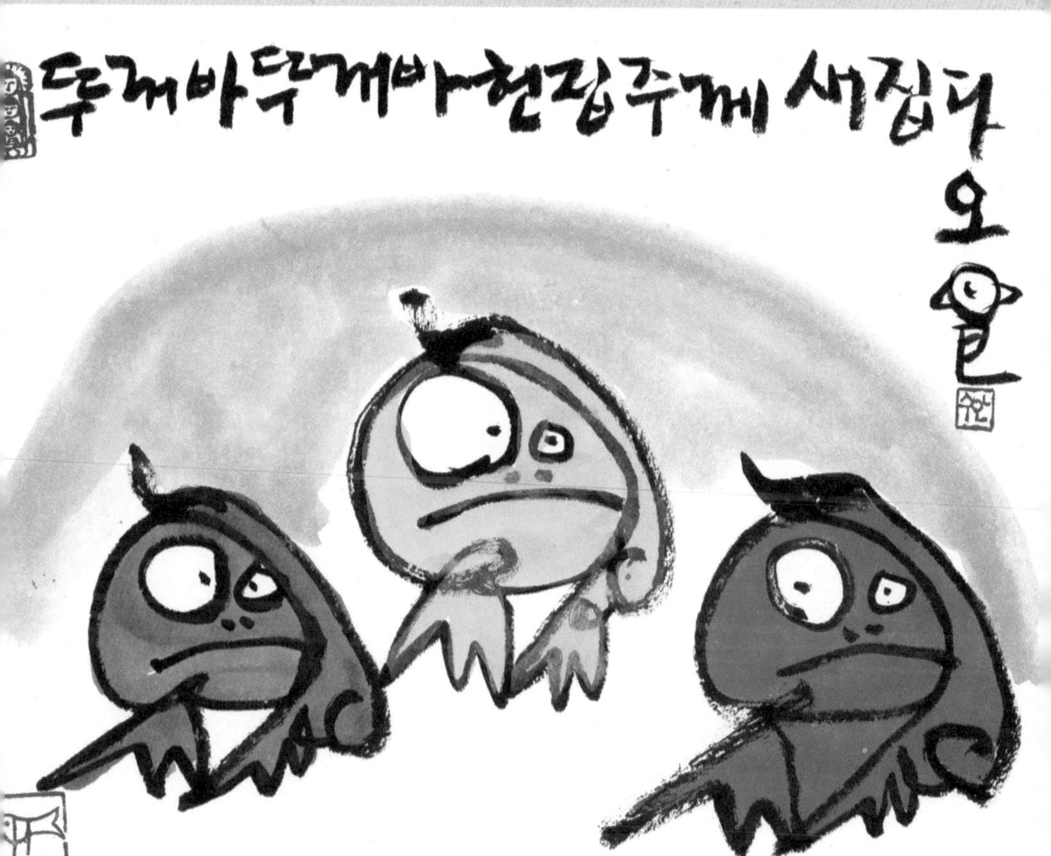
두꺼비두꺼비 헌집주께 새집다오

다. 그것이 언제 오는지 궁금하게 여기는 순간 성심껏 베푼 미덕은 사라진다.

돈을 많이 벌게 해달라고 기도하는 것도 방법 중 하나다. 기도는 이루어진다. 하지만 "부처님, 제게 돈 좀 많이 주십시오" 하는 기도는 헛일이다. 그것은 기도가 아니다. 기도는 나를 위해서 하는 것이 아니다. 신음하는 환자를 보고, 소녀가장의 눈을 보고, 불쌍한 이웃들을 보고 '아, 저들을 살려야 하는데 돈이 없어 큰일이구나' 하는 일념이 맹렬히 타오를 때 결과를 준다. 그런 간절함이 있다면 소원은 반드시 이루어진다. 나는 그것에 대한 분명한 신념이 있다.

그렇다. 돈을 벌려면 간절히 염원하라. 지극히 소중한 곳에 베풀겠다는 다짐을 하고, 작은 돈이나마 실천하라. 그러면 마음이 가뿐해지고 기분이 좋아져 판단력이 살아난다. 기분 좋게 일하고, 판단력이 좋아지는 데다 마음까지 비운 사람에게 돈은 서서히 찾아온다. 그것이 돌고 돌아 이자를 달고 눈덩이처럼 덩치가 커져 되돌아온다. 정말 그러냐고? 정말 그렇다. 돈 버는 일, 조금도 어렵게 생각할 필요가 없다.

무슨 일 있는가

축서암에서 문수원으로 내려온 지 5년여가 지났다. 같은 산 한 계곡 아래로 내려왔을 뿐인데도 경치가 다르고 바람소리가 다르다. 흐르는 모든 기氣가 다르기 때문에 거기에 맞춰 모든 것을 새로이 해야 한다. 행려자들이 어느 환경에서든 자기를 맞추듯 수행자도 그래야 한다. 가장 먼저 가까이 있는 것들과 친해져야 한다. 내가 딛고 있는 땅, 흙, 거기에서 피어나는 풀, 나무, 꽃 들을 살피고 음미하는 것이다.

많은 사람들이 묻는다.
"거처를 옮기니 어떻습니까? 적적하거나 지루하진 않습니까?"
내가 답한다.

"그런 게 뭐 있겠습니까? 지루할 틈이 없어요."

사실이 그렇다. 적적하고 지루할 틈이 없다. 날마다 쏟아지는 영감을 그려 내기도 바쁘고, 청탁해 오는 그림들을 그려 내기도 매번 빠듯하다. 앞마당에 고운 빛이 쏟아지면 포행을 하며 살갗으로 감촉을 느끼고, 피어나는 꽃과 날아드는 나비를 보기에도 시간이 모자란다.

저녁이 되면 밤의 모습을 음미한다. 총총한 별, 차고 여우는 달, 토닥토닥 떨어지는 빗소리들까지 그림이 따로 없고, 음악이 따로 없다. 그들을 음미하고 그들과 대화하는 시간을 많이 가질수록 행복에 가까워지는 것이다.

어쩌다 손님이 오면 차를 마시며 대화를 하고, 그들의 번민을 함께 나눠야 한다. 때가 되면 기도를 하고, 절기에 따른 행사도 준비해야 한다. 문수원은 새로 생겼지만 나는 새로 출가한 스님이 아니니, 찾아오는 손님이며 행사가 계속될 수밖에 없다. 모든 환경이 바뀌었지만 바뀌지 않은 것이다.

그런데도 자꾸 바뀐 것에 대한 질문을 받으면 거꾸로 묻는다.

"무슨 일이 있는가?"

간혹 세상 이치를 따지며 내 견해를 묻는 경우도 많다. 정치적 견해를 묻기도 하고, 예술적 현상에 대해서도 뭔가 요구하는 경우가 있다. 그때도 묻는다. 무슨 일이 있는가? 우리는 모르는 공부를 하

는 사람들이라, 그것을 알 수가 없소.

　수행자는 지식을 지우는 공부를 하는 사람들이다. 그러니 시시비비를 가리는 데 익숙하지 않다. 이것과 저것을 비교하고, 분석하고, 따지는 것은 학자들의 몫이다. 차를 마시며 차맛을 음미하고, 풀과 꽃을 보며 아름다움을 음미하고, 공기를 쐬며 계절을 음미하는 것만으로도 벅차다. 우리는 왜 없는 일도 자꾸 만들어 가며 걱정거리를 늘리는 것일까.

지금 눈앞의 것을 사랑하라

춘유백화추유월 春有百花秋有月

하유량풍동유설 夏有凉風冬有雪

봄에는 백화가 있고, 가을에는 달이 있고, 여름에는 시원한 바람이 있고, 겨울에는 눈이 있다!

참 좋다. 얼마나 좋은가. 이렇게 말하면 한가한 노승이 산사에서 풍월 읊으며 사느라 세상물정을 모른다고 말할지도 모른다. 과연 그런가?

하지만 살아가는 모양들을 자세히 보라. 가까이 있는 것들을 음미하고 살피면서, 그것들의 가치에 기뻐하며, 봄에 꽃 피는 모습을 보고 환희에 젖고, 가을 달빛에 눈물겨워하는 이들이 얼마나 많은가.

또 어떤 사람들은 지금 앞에 있는 것을 보지 않고 자꾸 없는 것만 찾아다니기도 한다. 눈앞에 있는 것도 못 보는 사람은 없는 것을 찾지 못한다. 찾다가 찾다가 나중에는 자기가 무엇을 찾고 있는지도 모르고 헤맨다.

나는 내 그림의 가장 열렬한 팬이다. 어떤 때는 지금 막 그린 동자가 하도 예뻐서 그림을 들고 입을 쪽쪽 맞추기도 한다. 누가 보면 저 혼자 좋아서 난리를 치는구나 하겠지만, 세상의 모든 어머니들이 자기 자식이 좋아서 혼자 난리를 치는 것과 다르지 않다.

어느 해 여름, 더위가 기승을 부려 밖으로 나와 밤바람을 쐬고 있었다. 달은 밝고 바람은 고요한데, 법당 앞 차나무 꽃이 눈부시게 빛났다. 희고 붉은 차나무 꽃이 달빛을 받고 있는 모습을 보고 있는데, 그 아래 두꺼비 여러 마리가 엎드려 멀뚱멀뚱 나를 쳐다보았다.

허, 이놈들 봐라. 그중 한 마리와 눈이 마주쳤는데 껌벅껌벅 나한테 윙크를 하는 것 같았다. 순간 난데없이 머리를 탁 치고 지나가는 무엇이 있었다. 두꺼비는 영락없는 달마대사였다. 더위고 뭐고 당장 작업실로 들어가 붓을 들었다. 뭘 그릴지 몰라 끙끙거리고 있다 보니 몸도 더위에 민감했던 것이다. 그려야 할 상이 잡히니 방금 전까지 달라붙어 있던 더위가 어디로 갔는지 알 수가 없었다.

차나무 아래 엎드려 윙크하는 달마대사가 마침내 완성됐다.

이야, 이렇게 멋진 달마선사를 본 적 있는가?

다시 또 내 그림에 취해 달마대사께 합장을 하고 미소를 지었다. 달밤에 체조한다는 말이 있다. 아닌 밤중에 홍두깨라고 비아냥거리는 말도 있다. 사실은 그래야 한다. 달을 보고 체조하고 아닌 밤중에 홍두깨질을 하는 사람은 행복하다. 일을 즐길 줄 알고, 눈앞의 것에 관심을 갖는 이들이 성공한다.

참선을 어떻게 하느냐, 명상을 어떻게 해야 하느냐 궁금해하는 이들이 있다.

나는 답한다.

별게 아니다. 내가 뭘 하고 있는지 알고 있으면 그게 선이다. 남녀노소, 병자나 약자나 마찬가지다. 어디에서 무엇을 하든 참선을 할수 있다. 내가 지금 무엇을 하고 있는지 음미하는 것, 알면 알고 모르면 모르는 것으로 몸과 마음을 스스로 움직이는 것, 그게 선이다. 육체를 끌고 다니는 정신이나 마음, 그것이 무엇을 하고 있는지 아는 게 참선이고 명상이다. 그러다 보면 지금 눈앞에 있는 것이 하찮게 보이지 않는다. 그것이 선의 본질이다.

참 좋은 스승들

나는 체계적인 교육을 받지 못했다. 어릴 때 절집에 들어와 교육 부재에서 자랐다. 그러다 보니 세상에 스승 아닌 게 없었다. 만나는 모든 사람, 보이는 모든 사물, 접하는 모든 것이 다 스승이었다.

화가로서의 나는 실경實景으로 수련하고 단련했다고 말할 수 있다. 무엇인가를 직접 보고 실제로 그리는 행위를 통해 배웠다. 선화의 스승이었던 석정 스님도 내게 이렇게 해라 저렇게 해라 하는 것이 없었다. 스승의 그림을 보며 자발적으로 따라 해보는 것이 공부였다. 불가에서는 지식에 묶이지 말라는 교육을 주로 한다. 예술도 지식에 묶여서는 안 된다. 내 가슴에 있는 얘기를 하는 것이 예술 기법의 핵심이다.

그러다 보니 마주치는 모든 것을 소중한 인연이라고 생각하게 되었다. 나와 마주하는 상대는 모두 절대적인 존재였다. 자본주의 사회에서 살다 보니, 사람이 스스로 행복을 짓밟고 고마워할 줄 모르는 경우가 늘어난 것이다. 어느 순간에는 가장 친했던 사람을 적으로 만드는 경우도 있다. 그러나 나를 자세히 들여다보면 적을 만든 것은 그가 아닌 나이고, 스승과 연을 맺은 것도 스승이 아니라 나였음을 알 수 있다.

언젠가 누군가의 시집 표지 그림을 그려 주기로 약속한 적이 있다. 그것 하나 때문에 일주일 밤낮을 고민했다. 식사 중에도 숟가락을 놓고 작업실로 가서 시를 떠올리며 그림을 그렸고, 마음에 차지 않아 처음부터 다시 그리기를 반복했다.

마침내 됐다 싶은 그림을 시집 주인에게 건네주었는데, 정작 주인은 고마워하는 기색을 보이지 않았다. 고생을 몰라 준 상대가 야속하기도 했지만 머지않아 깨달았다. 그가 처해 있는 자리가 그런 것임을 알게 된 것이다. 상대가 나를 알아주고 고마워해 줘야 한다는 생각으로 나 스스로 불만의 싹을 키우고 있었던 것이다. 그는 작은 나무였고, 그것이 숲이 되고 산이 될 만큼 커지려면 시간이 필요하다는 생각을 그때 갖게 되었다.

작은 나무가 하나씩 일어서서 자리를 잡으면 재목이 된다. 일어서

오직 모를뿐

자리를 잡기까지는 자르지 말아야 한다. 이 세상 모든 일이 중간에 멈추거나 일어서다 말면 아무것도 아닌 게 된다. 그래서 대가들은 남이 볼 때는 별것 아닌 것 같아도 목숨을 던져서 작업한다.

문수원 법당에 피워 올리는 초에는 파라핀 냄새가 아니라 달콤한 꿀 냄새가 난다. 벌집인 밀을 녹여 만든 초에서 나오는 달콤한 향기가 주위에 퍼지면 모두가 기분이 좋아지고 달콤한 꿈을 꾸게 된다. 이 초는 독일인 신부가 개발한 성스러운 초다. 향을 맡으며 얼마나 많은 공을 들였는지 헤아리게 만든다. 그런 이들이 바로 대가이다.

문수원 법당에 피우는 향도 각각의 향이 다르다. 좋은 향도 있고 나쁜 향도 있다. 어떤 향이든 저마다의 향을 갖고 자신을 태워 향기를 낸다. 하물며 사람으로 태어나 자신만의 향이 없으면 어찌 되겠는가. 내 향이 어떤 향인지 음미해야 한다. 어떤 색깔의 향을 만들어 가고 있는지 반복해서 살펴야 한다.

우는 것도 약이다

정진한다고 자복 위에 앉아 있으면 무슨 놈의 망상이 그리도 많은지. 부처님께서 8만 4천 번뇌라고 하셨으니 망상이 끊이지 않음은 순리이기도 하다. 옛날 선방에서는 "공부하는 수좌가 결제 중에 돌아다니면 맞아 죽어도 살인이 되지 않는다"라며 일침을 놓곤 했다. 그 시절, 여름 결제 중 자복 위에 앉아 있기가 죽기보다 싫어서 맞아 죽을 셈치고 도망한 적이 있었다. 고행정진한다는 핑계로 몰래 새벽에 걸망을 지고 선방에서 탈출했다. 너무 일찍 나온 탓인지 도로에는 차가 한 대도 없었다.

빈 대합실에서 하염없이 앉아 있다 보니 '아, 괜히 나왔구나' 하는 후회의 한숨이 저절로 나왔다. 선방에 앉아 있는 것보다 더한 막막

함이 가슴속으로 밀려 왔다.

한참을 앉아 있는데, 희끄무레 날이 밝아올 즈음 첫차가 출발하는 소리가 났다.

무조건 타고 봤다. 어디로 가는지도 모른 채 차에 올라 흘러흘러 동해안에 있는 강릉까지 왔다. 결제 중에 떠도는 선방수좌禪房首座라, 이 무슨 해괴한 짓인가. 혼자 부끄러운 웃음을 허허롭게 흘리며 어디로 가야 하나 떠올려 보았다. 수중에 땡전 한 푼 없었다. 무슨 놈의 바람이 불었던 걸까, 또다시 후회막급했다.

강릉에서 좋은 분을 만나 돈 몇 푼을 얻었다. 생면부지의 중년 남자가 정말 부처님으로 보였다. 덕분에 국수를 배불리 먹었다. 배가 부르니 이제는 후회스럽지 않았다. 잘 나왔다는 생각이 절로 들었다. 못난 주제에 언제 혼자 걸어 보고 낯 두껍게 얻어먹기까지 할 수 있을까.

갈 길도 정해졌다. 바닷바람을 뒤로하고 한계령 쪽으로 가기로 마음먹고 걷는데 길을 잘못 들어 헤매기 시작했다. 또다시 배는 고프고, 몸은 피로하고, 불안감이 찾아왔다. 깊은 산에 홀로 버려진 짐승이 헤매는 심정이 이럴까.

눈앞에 작은 묘가 보였다. 정결하게 꾸며진 작은 묘 앞에 사과, 배와 떡 부스러기가 예쁘게 놓여 있었다. 엊그제 제사를 지냈는지 먹을 만했다. 묘 앞에 앉아 그것들을 실컷 먹고 나니 식곤증이 몰려 왔다. 마땅히 갈 곳도 없던 터라 실컷 잠이나 자자 싶어 잔디에 몸을 뉘었다.

얼마나 잤을까. 문득 눈을 뜨고 일어나 앞을 살폈다. 아! 아래로 죽죽 뻗어 나간 산과 산, 저 멀리 동해바다가 아련히 보였다. 세상에, 이렇게 아름다운 곳이 있을까.

놀라운 풍경 앞에 가슴이 울컥했다. 혼자 흥에 겨워 어깨를 들썩였다. 아, 내 사랑하는 강산아, 내 사랑하는 강산아. 다시 또 발걸음에 흥이 실렸다. 작은 등성이를 넘어서니 어디선가 향기로운 내음이 날아오고 금세 메밀밭이 눈앞에 펼쳐졌다. 경상도에서만 자란 눈에 새하얗게 펼쳐진 메밀밭은 신기하기도 하고 아름답기도 했다. 너무 좋아 눈물이 났다. 아무도 보는 이 없는 산속에서 실로 오랜만에 실컷 울었다. 우는 것도 잘만 울면 참 좋은 약이다.

함께 나누는 세상

내 방은 어지럽다. 보통 스님의 처소는 깔끔하게 정리돼 있고, 주변을 깨끗하게 정돈해 놓는다. 그에 반해 내가 일하는 공간은 번잡하고, 손님을 맞는 방도 지저분하게 널려 있는 것들이 많다. 한꺼번에 많은 사람들이 찾아오면 앉기조차 곤란할 때도 있다.

누군가가 정리하려고 들면 내가 말린다.

"내버려 두이소. 이 또한 내 모습이고 내가 살아가는 방식이외다."

모두가 의아해할 수도 있지만 여기저기 널려 있는 그림 종이와 작업 도구들, 찻잔이며 다포들까지 나는 그 위치들을 다 알고 있어, 필요할 때마다 금세 찾아낸다. 잠을 자다가 문득 깨어 붓을 들 때도 있고, 산책을 하다가 돌아와 먹을 갈 때도 있고, 언제라도 작업을 하고

 一 椀 茶

無量福

명상을 할 수 있다.

예술과 수행을 동반해 가는 일상에서 저절로 이루어진 모습이다. 그 안에 일정한 질서가 있고 세계가 있다. 이 세상도 우주도 마찬가지다. 우주의 질서는 사람의 눈에 무질서한 혼돈 상태처럼 보이지만 그 속에는 보이지 않는 질서와 법칙이 있다.

사람들은 반듯반듯 정리된 것만이 옳다고 여긴다. 어떤 점에서는 그게 더 편리할 수 있다. 하지만 깨끗한 것과 규격화된 것이 다르듯 정돈이 정답은 아니다. 늘어놓으면 늘어놓은 대로, 어지러우면 어지러운 대로 그것은 그것대로 하나의 세계이다.

많은 사람들이 꿈꾸는 평등이란 것도 마찬가지다. 평등은 모든 것을 똑같이 나눈다고 해서 이루어지는 것이 아니다. 궁극의 평등을 이루기 위한 방법은 '일체중생성전각一體衆生成全覺'뿐이라고 부처님이 말씀하셨다. 세상의 모든 중생이 한날한시에 깨달을 때만 가능하다는 말씀이다. 모든 사람이 꿈꾸는 함께 잘사는 세상 또한 현실에서는 불가능하다.

우리가 살고 있는 세상에는 길고 짧은 게 공존하므로, 그것을 인정할 때 평등이 가능하다. 너는 길고 나는 짧다. 너는 많고 나는 적다. 우리에게 있는 그대로 그것들마다의 가치를 갖는 것이 평등이다.

우리 아이들에게 '너는 왜'를 강조하지 말아야 한다. 너는 왜 남과 다르냐, 너는 왜 친구보다 못하냐 강요하지 말아야 한다. 우리는 모두 다르다. 너는 짧고 나는 길다.

새

산에서는 새와 저절로 친구가 된다. 새소리를 들으며 잠을 깨고, 새와 함께 길을 걷는 경우도 있다. 나는 새벽까지 작업하다가 큰 절의 새벽 종소리를 들으며 잠들 때가 가끔 있다. 그런 날은 늦잠이라도 자고 싶은데 새들이 내버려 두지 않는다. 새소리는 때로 너무 시끄럽고, 때로 너무 아름답다.

산에서 홀로 수행하다 보면 가끔씩 그리움에 사무칠 때가 있다. 움직이는 것에 대한 그리움이다. 아무것이라도 움직이는 게 나타나면, 말할 수 없이 반갑고 기쁘다. 숲 속에서 바스락거리는 다람쥐 소리, 늑대의 울음소리, 물이 졸졸 흐르는 소리가 얼마나 반가운지 모른다. 하지만 그조차 없을 때가 있다. 너무나 적막한 대낮, 아침부터

설쳐 대던 새들마저 왜 그리 고요히 숨을 죽이고 있는지, 엄청난 고독이 나를 에워싸는 것이다. 그 순간 스르르 낙엽 한 장이 떨어지면, 마치 헤어졌던 어머니를 만난 듯 희열이 인다. 구름 한 점의 움직임, 바람의 숨결, 낙엽 밟는 짐승의 발소리. 아, 비로소 내가 살아 있음

을 확인한다. 세상이 여전히 흘러가고 있구나, 혼자 감격한다. 동물들도 아는 것 같다. 내가 그들을 그리워하고 그들과 만날 때 감격한다는 사실을.

한겨울에 나는 솜으로 누빈 두루마기를 입는다. 어느 날 한낮, 마루에 나와 햇빛을 등지고 정진 기도를 하고 있는데, 갑자기 새가 날아와 승복의 해진 틈을 부리로 콕콕 쪼아 솜을 뜯어 가는 것이었다. 그것을 가져가 둥지를 만들려는 것인지, 새끼들의 이부자리로 쓰려는 것인지 모르겠지만, 새들은 아무 두려움 없이 솜을 쪼아 갔다.

요즘도 새소리는 여전하다. 짹짹거리는 새들의 소리를 듣고 있으면 옛날의 산새들이 그리워진다. 사람을 두려워하지 않던 그 새들은 모두 어디로 간 것일까.

첫 선물

한계암은 내 마음의 고향이고, 내 그림의 원초적인 어머니이기도 하다. 그곳에서 정진할 때 암자 주변에 철조망을 쳐놓고 '정신병 환자 요양원'이라는 팻말을 걸어 외부인의 출입을 막았다. 몸에는 묵언패를 달아 놓고, 단식을 하며 정진했다. 보름의 단식은 예사로 했고 20일씩, 40일씩 반복해서 단식 정진을 했으니 깨달음을 위한 나의 몸부림은 참으로 처절했다.

그때 여러 겹으로 둘러쳐진 철조망을 넘어 주말마다 한 여인이 찾아오곤 했다. 아랫마을의 학교 선생이었다. 시간 날 때마다 들러 빨래며 음식이며 해주고 돌아갔다.

어느 해 봄이었다. 그 선생이 찾아와 역시 빨래를 하고는 내게 이

별을 고했다.

"스님, 제가 약혼을 해서 외국으로 떠나게 되었습니다. 다음 주부터는 스님의 뒷바라지를 못하게 되어 미리 말씀드립니다."

나는 그동안의 노고가 하도 고마워 무엇인가 보답하고 싶었지만, 산에서 혼자 수행하던 내게 마땅한 것이 없었다. 둘러보니 붓과 벼루, 먹이 있고, 물을 발라 떼어 내 말려 놓은 문종이가 있었다.

"내가 해줄 거라곤 그림밖에 없으니 이거라도 한 장 가져가세요."

문종이를 펴놓고 그림을 그렸다. 소나무 두 그루와 초가 한 채를 그리고 글을 썼다.

'하필이면 서쪽만이 극락 세계랴. 흰 구름 걷히면 청산인 것을.'

외국으로 나가서 부디 행복하게 잘 살라는 기원을 담아 건네주었다. 그녀는 눈에 이슬을 담고 받았다. 이별의 선물이었다. 그것이 그림으로 선물한 첫 작품이었다. 지금도 햇살 고운 봄이 오면 그 시절이 떠오른다. 그리움을 그리는 일, 그것이 그림이다.

즐겁고
공경하며
맑고
고요 하게

절벽에서

한계암의 가을은 깊고 깊었다. 밖을 내다보니 하늘이 바다처럼 푸르고 넓었다. 정진 수행을 하고 있으니 다시 또 심심하고 무료했다. 한계암은 깎아지른 듯한 절벽 아래에 있었다. 밖에 나와 절벽 위를 바라보니 중간쯤에 한 떨기 꽃이 외롭게 피어 있었다. 꽃을 보자 문득 정상에 올라가 보고 싶은 충동이 일었다.

정상으로 오르려면 비탈길로 돌아가야 하지만 마주보이는 절벽으로 바로 오르면 금방일 것 같았다. 나는 겁도 없이 절벽을 마주하여 올라갔다. 밑에서 볼 때는 별로 어려울 것 같지 않았는데, 높이 오를수록 잘못 판단했다는 생각이 들었다. 가파르기가 심상치 않아 자칫하면 목숨을 잃을 판이었다.

절벽의 기울기가 얼마나 가파른지 90도에 가까워지는 느낌이었다. 조심조심 바위틈을 찾아 두 손을 잡고, 발 하나씩 놓을 자리를 찾아 옮기면서 곡예를 하듯이 올라갔다. 등에서는 식은땀이 흐르는데 얼마나 무서운지 차마 아래를 내려다볼 수가 없었다. 아무리 심심해도 그렇지, 이런 바보 같은 짓을 하다니. 내가 생각해도 한심하고 미련스러웠다.

가까스로 정상 가까이 접근하긴 했지만, 정상에 가까울수록 경사가 급했다. 낑낑거리며 두 손으로 바위틈을 잡고 한 계단씩 바위틈에 발을 넣어 겨우 정상 가까이 올라섰는데, 이게 무슨 운명의 장난인가. 바위를 잡고 있는 손의 오른쪽에서 살모사 한 마리가 혀를 날름거리며 나를 쳐다보고 있는 것 아닌가.

아이구야, 큰일이다 싶어 왼쪽을 보았더니, 왼손 쪽에도 살모사 한 마리가 쳐다보고 있었다. 아마도 부부 살모사인 듯싶었다. 영화에서나 볼 수 있는 어이없는 상황이 벌어진 것이었다. 손을 옮길 곳이 없음은 물론 내려갈 수도 올라설 수도 없는 진퇴양난의 상황에서 하반신의 힘이 쫙 풀리고 말았다.

내가 할 수 있는 일이란 오직 하나, 염불밖에 없었다. 눈을 질끈 감고 『화엄경』을 읊었다.

"대방광불화엄경, 대방광불화엄경, 대방광불화엄경……."

혼자 독경을 하면서 슬그머니 눈을 떠보니 오른쪽의 뱀이 스르르 돌아가고 있었다. 왼쪽의 뱀은 이미 사라져 보이지도 않았다.

이제는 살았구나! 정상에 올라 식은땀을 훔치고 돌아보니 이곳저

곳에 정구지(산 부추)가 널려 있었다. 가뜩이나 몸이 약해져 애를 먹던 참이었다. 부추를 진하게 삶아 먹으면 위와 장에 좋다는 말이 생각났다. 그것들을 신나게 캐 한 아름 안고 암자로 돌아오는 마음이 뿌듯하기 그지없었다.

귀중한 것 주변에는 항상 위험이 도사리고 있다. 위험이 도사리고 있는 곳에는 바로 귀중한 것이 있다는 말을 실감한 잊지 못할 소중한 경험이었다.

산이 거인처럼 오다

서울 목동 청소년회관이 개관하던 1988년의 일이다. 개관에 앞서 청소년회관의 벽을 장식하는 기념화를 그려 달라는 요청이 들어왔다. 처음에는 그럴 만한 시간이나 자격이 없다며 사양했지만 부탁해 온 노스님의 정성이 하도 지극해 계속 사양하는 것도 도리가 아니었다.

끝내 응하기는 했지만 벽화에 담을 화상이 좀체 떠오르지 않았다. 가로가 18미터, 세로가 1.8미터. 그처럼 넓고 긴 그림을 한 번도 그려 본 적이 없기도 했지만, 그림이란 화두의 깨침처럼 확연한 상이 잡혀야 그릴 수 있었다.

그때 괴로웠는지 답답했는지는 잘 모르겠다. 마침 사진작가 주명덕 씨가 축서암에 들렀다가 설악산으로 간다기에 얼른 동행하기로 했다. 일이 안 될 때는 여행처럼 좋은 게 없다. 답답한 마음을 식힐 겸 바람이나 쐬자는 생각으로 따라나섰다.

오랫동안 차를 타고 동해안을 따라 올라가 한계령을 넘는 길이었다. 산으로 올라가면서 바다를 내려다보니 이루 말할 수 없이 상쾌했다. 시원한 바람과 산기운에 가슴속의 온갖 잡다한 생각들이 깨끗이 씻겨 내려가는 느낌이었다.

"스님, 잠깐 내려서 저쪽으로 한번 걸어가 보지요."

주 선생이 안내하는 샛길로 걸어갔다. 관광객들이 다니지 않는 좁은 고갯길이었다. 그 고갯마루에 서서 동해에서부터 한계령 쪽으로 이어진 산과 마을을 내려다보았다. 순간 저 먼 곳에 있던 산이 성큼 성큼 내게 다가왔다. 그들의 웅장하고 강렬한 힘이 내 가슴을 울렁거리게 만들었다.

"주 선생, 저것이 뭐요?"

"저거요? 저게 산입니다."

"하아, 산이라."

산이 거인처럼 발을 크게 떼며 내 앞으로 불쑥 다가오는데, 그것이 곧장 그림으로 변했다. 산이라고 다 똑같은 산이 아니다. 어느 순간 내 가슴에 착 달라붙는 산이 있는 것이다.

나의 살든 고향은 꽃피는 산골 복숭
차레인 동네 그속에서 놀던 때가
고향 파란들 남쪽에서 바람이 불면 벗
네가 그립습니다   이원수 글

꽃살구꽃 아기 진달래 울긋 불긋 꽃대궐
집승이다 꽃동네 새동네 나의 옛
수양버들 춤추는동네 그속에서 놀던

그 여행에서 돌아오자마자 붓을 잡았다. 18미터의 긴 거리를 잇는 산의 그림을 꼬박 밤을 새워 그렸다. 쉼 없이 이틀 밤을 새워 작업한 뒤 마지막 낙관을 찍었을 때 전화벨이 울렸다. 프랑스 파리에서 걸려 온 전화였다. 그 뒤로 모나코의 카사블랑카, 독일 쾰른의 전시가 줄줄이 이어졌다. 하나가 탁 트이면 만사가 두루 통하듯이 그림이 세상의 곳곳으로 막힘없이 흘러나갔다.

목동 청소년회관의 개관 기념화에는 그런 배경이 깔려 있다. 이후 청소년들이 그림의 산처럼 우람하게 자랐다는 소식은 못 들었지만, 분명히 그렇게 성장했으리라 확신한다. 문득문득 그때가 생각난다. 그러면 기도한다.

아이들아, 그렇게 자라다오. 산처럼 든든하게, 산처럼 싱싱하게, 산처럼 우람하게…….

행복을 배우는 교육

아랫마을 어린이들이 올라왔나 보다. 선실禪室 근처에서 조잘대
는 소리가 제법 시끄럽다. 하던 일을 멈추고 나가 이리저리 거닐며
아이들이 무엇을 하나 살펴본다. 야, 이놈들 봐라. 엊그제 봐두었던
딸기 덩굴에 조랑조랑 매달린 주홍빛 열매를 따서 담느라 정신이 없
다. 진주알 같은 딸기를 작은 바구니에 따서 담으며, 종알종알 무슨
이야기들이 그리 많은지, 나무 뒤에서 가만히 아이들을 보고 있자니
마음은 어느새 나의 어린 시절로 돌아간다.

먼 친척뻘 할아버지는 둥근 돌 안경에 담뱃대를 항시 물고 다녔
다. 만나는 사람마다 꼭 한마디씩 던져야 직성이 풀리는 분이었다.
"밥 묵었나, 장에 갔다 왔나, 뒤터 남새밭에 거름 넣었나?"

무슨 할 말이 그리 많고 궁금한 게 많은지 쉼 없이 묻고 관여했다. 듣는 사람이 건성으로 대답하고 제 갈 길을 가도 할아버지는 아랑곳하지 않았다.

"아재요, 개새끼를 몇 마리나 낳았다캐요?"

어느 때는 할아버지의 독촉을 막으려고 내가 먼저 묻기도 했다.

"세 마리 낳았다캐라."

할아버지는 어린 조카와 대화하며 마음이 풀렸는지 맛있는 것을 보면 늘 챙겨 주었다. "맛있제?" 하고 물으면, 나는 맛도 보기 전에 "예" 하고 대답했다. 아련한 추억이다.

"시님요, 이거요."

아이의 목소리에 후딱 현실로 돌아온다. 조잘대던 아이들이 바구니를 들고 나를 불렀다. 손에 들린 바구니 속에 고운 딸기 몇 송이가 방긋거리고 있다.

"왜 너희들이나 먹지 나를 주누?"

"우리 언니가 주데요."

허, 마음 씀씀이가 여간하지 않다. 바구니에 담긴 아이들의 정성을 불전拂前에 올리며 그 시절을 떠올린다. 동심이 곧 만인의 마음이라는 말이 있다. 동심은 거짓이 없다. 본능에 충실하면서도 어른들의 가르침에 순응한다. 고사리 손에 동전 몇 닢 쥐여 주면 "고맙심데

이" 하고 쪼르르 달려가던 아이들. 자연이 바로 산교육장이고, 집안이나 동네 어른들이 모두 스승이었다. 이웃사랑을 떠벌리지도 않았고, 네 것 내 것을 굳이 따지지도 않았다. 어른을 만나면 그가 누구든 고개를 숙여 인사했고, 그 집 아이가 누군지 몰라도 됐다. 그것이 산교육이다. 저절로 되는 교육을 잊고, 학교와 학원에만 맡겨 교육하려니 요즘 교육은 부모도 힘들고 아이들도 힘들다.

진짜 교육은 어렵지 않다. 저절로 이루어지는 진짜 교육을 중시한다고 해서 아이가 잘못되거나 경쟁력이 떨어지는 것이 아니다. 행복한 삶을 배워야 하는데 모두들 이기는 법을 배우려다 불행의 나락에 빠져든다.

작은 칭찬

"수안 수좌는 감자 수좌라. 손이 참 영특해."

통도사의 큰 어른이셨던 경봉鏡峰 스님이 어느 날 툭 던진 칭찬 한마디다. 감자는 썩어도 버리지 않고 무엇에든 달리 쓰임새를 찾는 작물이다. 내 손에 무엇이든 쥐어지기만 하면 작품이 나온다는 의미로 칭찬한 것이었다.

경봉 노사는 효봉曉峰 스님의 맥을 잇는 우리나라 선불교의 거목이다. 노사께서 입적한 지도 30년이 넘었다. 노사가 거처하던 극락암에는 상좌 명정明正 스님이 선풍을 잇고 있다. 수좌 시절을 함께 보낸 50년 도반이라 간간이 안부를 챙기게 된다. 극락암 명정 스님에게 그림을 보낼 때마다 경봉 노사가 떠오르는 것도 어쩔 수가 없다.

20대 혈기방장할 때, 그러잖아도 그림에 혼이 팔렸던 나는 노사의 칭찬 한마디에 더욱 힘을 받았다. 많은 예술가들의 작품을 보았고, 선사들의 필법을 따라 해보기도 했다. 점차 내 나름의 필법과 화법이 생겼고, 자신감도 솟았다.

그림에 불심을 담아 사람들에게 전해 주니 받는 사람들마다 즐거워했다. 어떤 이는 그림 한 장을 받기 위해 아주 먼 길을 마다하지 않고 찾아오곤 했다. 오직 그림 한 장을 위해서 말이다. 동자상이든 달마상이든 일원상이든, 모두들 좋다고 감탄하며 칭찬해 주었다. 그것이 좋아서 나는 계속 그렸다.

1977년, 전북 이리에서 폭발물 사건이 터졌다. 이재민을 돕기 위해 수많은 단체에서 모금 활동을 벌였다. 몇몇 스님들과 함께 우리도 이재민을 위해 무엇인가 하자는 뜻을 모았다. 붓을 놀릴 줄 안다 하는 스님들과 함께 이재민 돕기 선묵 전시회를 가졌는데, 호응이 좋아 남김 없이 팔렸다. 그것이 불가에서만 움직이던 내 그림이 바깥세상으로 나가게 된 계기였다.

두 해 뒤, 부산에서 첫 개인전을 가졌다. 그리고 처음으로 화가 스님으로 불리게 되었다. 4년 뒤, 프랑스 파리의 한국문화원에서 전시회를 요청해 왔다. 그것이 내 그림이 유럽으로 전해진 계기였다. 해

가 갈수록 그림은 번져 나갔고, 전시회는 다양해졌다. 내 그림을 모사하는 이들이 늘어나 얼핏 보면 가짜와 구별하기 힘든 작품들까지 등장하고, 수안殊眼을 뜻하는 전각 도장까지 모사하는 일이 생겼다.

그림들이 모두 대중에게 불법을 알리고, 선지식을 전하는 수단이기에 옳고 그름을 따지지 않고 받아들인다. 세상에 좋은 쓰임새로 역할을 하게 됐으니 내 작품은 좋은 작물이 된 것이다. 그 길을 열어 주며 용기를 준 것은 경봉 노스님의 작은 칭찬이었다. 그때는 몰랐지만 '감자 수좌'라는 칭찬 한마디가 사람의 일생을 결정했던 것이다.

맷돌 스님

축서암 시절, 절 마당에 징검다리처럼 맷돌을 심었다. 비 내리고 눈 녹으면 걷는 데 불편하고, 그럴 때 딛고 다니면 좋을 것 같아서였다. 하지만 무엇보다도 유년의 추억과 고풍스러운 멋, 운치까지 겸해 참 잘한 일이라고 생각하며 늘 그것을 밟고 다녔다.

맷돌 입장에서는 어땠을까. 맷돌이 발 디딤돌이 됐으니 속상할 수도 있겠지만, 세상 쓰임새가 사라져 버림받을 처지이고 보면 다행일 수도 있을 것 같다. 맷돌은 도자기나 칠기류처럼 예쁘지도 않고, 무겁고 투박하기 때문에 골동품으로서의 가치도 부족하다.

한때 내 별명이 맷돌이었다. 얼굴이 검다고 깜둥이 스님, 학 그림을 그린다고 학 스님, 메주를 만든다고 메주 스님 등으로 별명이 많

앉는데, 맷돌은 다른 사람이 붙여 준 별명이 아니라 내가 스스로 붙인 별명이었다

서울의 봉원보육원에 머물 때였다. 노 원장 스님이 보육원의 일을 도와달라고 해서 잠시 아이들과 함께 생활하게 되었다. 포플러가 보육원 앞에 시원하게 늘어서 있고, 마당에는 장미가 자라고 있었다. 아이들도 그 꽃과 나무들처럼 자라기를 바라는 마음으로 일하고 있었다. 그런데 더러 뜻밖의 일들이 생겼다. 직원들의 의견이나 행동이 제각각이라 생각이 엇갈릴 때마다 내 눈치를 보곤 했다. 내 말 한마디의 비중은 무거워졌고, 직원들이 내 눈치를 보는 일도 심해져 갔다.

어느 날 나는 그 자리를 내놓았다. 내 말의 무게에 짓눌려 이제 말이 없는 세계로 돌아가고 싶었다. 바랑을 걸머지고 보육원을 떠났다. 모두가 나에 대한 집착에 사로잡혀서 정작 해야 할 일을 하지 못하게 했다는 자책이 밀려들었다. 나는 나를 없애고 싶었다. 떠나면서 나를 부수어야겠다, 맷돌처럼 나를 갈아야겠다고 다짐했다.

그 뒤로 누가 물으면 나는 맷돌이라고 대답했다. 그래서 맷돌 스님으로 불렸다. 이후 많은 시간이 지났지만 얼마나 쪼개졌는지, 얼

숭산에서 3년동안 禪 하시다

마나 나를 으깨어 세상에 보탬을 주었는지 여전히 알 수 없다. 요즘도 붓을 들 때마다 우리 어머니들이 맷돌을 돌리는 심정을 떠올리곤 한다.

세상에서 가장 높은 수

화실 한지 창문으로 고운 햇살이 들어오던 오후였다. 저 따스한 햇살에는 빛깔이 없는데, 내 그림에는 웬 빛깔이 이리 많을까 싶었다. 그러자 갑자기 내가 너무 많이 그리는 것 아닌가 하는 생각까지 들었다. 그리고 보니 종이마다 그림들이 꼭꼭 쌓여 있고, 화실도 너무 꽉 차 있는 게 아닌가 하는 생각이 이어졌다.

황소같이 거칠어 옆에 두기 두려운 그림, 두꺼운 화장으로 겉만 가린 듯한 그림, 세파에 시달려 구깃구깃한 그림. 이렇게 저렇게 내 그림에 대한 품평을 하다가 모든 것을 놓아 버렸다.

에라, 그림은 그만두고 하늘이나 보자.

밖으로 나와 마당을 거닐었다. 바람이 시원하게 불어와 답답했던

가슴이 한결 맑아졌다. 하늘을 보니 구름 한 점 없었다. 한없이 펼쳐진 푸른 하늘에 한 점의 티도 없어 보였다.

내 그림도 저렇게 모든 걸 비울 수 있을까. 좁은 종이 위에 저 큰 허공을 담을 수는 없을까.

허공이 크다니, 이 무슨 좁다란 소견인가. 이 무슨 크고 작음에 대한 집착인가.

나를 비웃기라도 하듯 한 무리 새 떼가 머리 위를 지나갔다. 끝없이 날아간 새들은 긴 선이 되고, 다시 점이 되더니 허공 속으로 사라졌다. 차마 혼자 보기 아까운 풍경이었다. 두리번거리며 혹시 함께 본 사람이 없을까 찾아보았지만 어디에도 사람의 그림자는 없었다.

조금 전만 해도 그림은 그만두고 하늘이나 보자는 생각이었는데, 아까운 풍경이 기억 밖으로 사라질까 싶은 초조함에 급히 화실로 들어와 붓을 들었다.

흰 종이 위에 점 하나를 찍었다. 허공에 점 하나, 이 점도 없었더라면 더욱 좋으련만 그러자니 허공이 보이지 않고, 그림도 보이지 않을 것 같았다.

점 하나를 키워 작은 몸을 만들고 날개를 달아 주었다. 혼자는 외로울 것 같아 친구를 붙여 주고, 어미를 붙여 주고, 이웃을 붙여 주고 나서야 안심이 되었다.

'그래, 이제 그림 밖으로 나가거라. 허공 밖으로 나가거라. 열심히 날아 무위를 찾아가거라.'

　그날 무사無事를 무사히 그리고 나서야 나는 내가 무사한 것을 확인하게 되었다.

　무사란 무엇인가? 무사無事는 '일이 없다' 또는 '아무 일도 없다'는 뜻이다. 하지만 무사의 진정한 의미는 '마음에 걸림이 없고, 아무것에도 구애됨이 없다'는 뜻이다. 이것은 마치 세상에서 가장 높은 숫자를 찾은 것과 같다. 숫자는 제아무리 높다고 해도 그 위의 숫자가 반드시 존재한다. 숫자 위에 수가 있고, 그 숫자 위의 수가 또 나오게 되어 있다.

　그렇다면 무엇이 가장 높은 숫자인가?

　바로 무無란 숫자다. 우주가 비어 있는 듯하지만 꽉 차 있듯이 무사 또한 그렇다. 무사를 그리고 난 뒤 나에게 다시 묻는다. 마음의 걸림이 없는가?

그런 사람을 만나고 싶다

한 우물을 열심히 파는 것은 참으로 중요한 일이다. 그러나 한 가지에 몰입하다 보면 그 한 가지만으로는 부족함을 느끼게 된다. 그 안에서 해결되지 않는 것이 생기는 탓이다. 한 가지의 궁극에 이르면 반드시 그 바깥에서의 결정적인 돌팔매가 있어야 한다. 그렇게 될 때 한 가지 자기 영역이 수만 가지 분야와 두루 소통되는 열매를 맺게 된다.

사진작가 주명덕 선생은 사진을 배우겠다는 사람이 나타나면 곧장 음반 가게로 데려간다. 사진을 하려면 음악을 알아야 한다는 것이 그의 생각이다. 나도 거기에 동감한다. 그림도 마찬가지다. 미술을 하려면 음악을 알아야 하고, 음악을 하는 사람은 미술을 알아야 하는 것이다.

　나는 판각을 하고 전각을 하며, 그림을 그리고 시를 쓴다. 음악을 듣고 춤을 추며 본능의 흐름을 즐긴다. 외국에 나갈 때마다 그곳의 전통 음악을 꼭 들으며 거기에 몸을 맡긴다. 그들의 춤을 배우고, 함께 어울리며 즐겁게 노는 것이다.
　가끔은 절에서도 아프리카 음악을 들으며 사막의 춤을 추곤 한다. 불타는 사막에서 강렬하게 내리꽂히는 태양을 보고 '알라여, 알라여'를 외치며 기도하는 그들의 몸짓에는 영혼의 울림이 있다. 그 춤사위는 온갖 애증과 슬픔, 기쁨과 환희가 뒤섞여 고통스러운 삶을 정화시키고 승화시키는 작용을 한다.

　막막한 사막의 무수한 모래들을 그들이 어떻게 대하는지, 그들에게 사막은 도대체 무엇인지 알기란 쉽지 않다. 그런데 그들의 음악을 들으면 느낄 수 있다. 순결하고 간절한 영혼의 소리를 들을 수 있다. 음악을 들으며 춤을 추면 더욱 진하게 일체화시킬 수 있다. 그리고 그것이 그들만의 것이 아니라 바로 내 안의 울림인 것을 확인하게 된다.
　그런 확인과 일체감이 없는 예술은 모두 헛것이다. 헛것을 그리고 싶은 화가가 어디에 있을까. 헛것을 그리고 싶지 않다면 음악을 알고,

음악에 몰입할 줄 알고, 춤을 추고 노래하며 미칠 줄 알아야 한다.

　그려도 그려도 해결되지 않을 때, 그 갈증의 실체를 모를 때,
갑갑하고 미칠 지경일 때는 음악을 들으면 된다. 거기에서
부터 그림이 시작된다. 그런 점에서 그림은 곧 음악이요,
음악은 곧 그림이다. 나의 그림은 음악적인 선율이다.
가끔 그림을 귀로 들을 줄 아는 사람을 만나고 싶다.

백운동

가야 장터에서 내려

백운동白雲洞을 물어보니

내일 가란다

고집대로 작은 마루에 올라서니

창대 같은 빗방울이

내 까까머리에 부딪힌다

칠흑 같은 밤이다

산골 그것도 처음 가보는 백운동白雲洞

길을 몰라도 물을 곳이 없다

골마다 콸콸거리는 물소리

번개가 친다

등에 진 걸망은 빗물에 젖어

무거워 온다

언뜻 보니 초롱불이 스친다

허겁지겁 그곳으로 행한다

계십니까?

누구요 이 비가 장대같이 오는데……

지나가는 중입니다

백운동白雲洞 가는 길에 어둡고 배가 고파

이렇게 들렀습니다

아이고 쩌쩌 들어오이소

하룻밤 구들을 고치고 아직 덜 마른 방에

양주가 자고 난 손님이라고

마른 곳을 골라 준다

아침 일찍 일어나니 어느새

아침밥을 준비해 주신다

고마움에 인사를 드리니

잘 가시소

백운동白雲洞을 찾아드니

스님이 반긴다

강냉이 쌓아 놓고 기다린 지 오래란다
감자도 삶아 준다

차 생각이 난다
비료 푸대 종이에 쌓아 둔 엽차葉茶다
물 끓어 한 모금 하고
백운동천白雲洞天을 바라고 서니
동해 저 멀리 흰 구름 한 점
아 대자대비大慈大悲여라

폭포물 온산 가득하다

묵향墨香

산그늘 내리는
산사山寺에
잡초 타는 연기
묵향은 산승山僧의 님이며
태고太古의 멋입니다
빈 옷자락
이름모를 연인은
오늘도
향그러움만 남기고

잡초 타는 연기
긴긴 두루마리
묵점墨點에 번지는
그윽한 쇠북소리.

마지막 종이

악필握筆은 붓을 손가락으로 쥐는 것이 아니라 손바닥 전체로 움켜쥐는 기법을 말한다. 글을 쓸 때도, 그림을 그릴 때도, 나는 악필을 고수한다. 전각을 통해 예술에 입문했고, 칼에 강한 힘을 주기 위해서 취하는 방법이 몸에 익은 것이다. 하지만 '악握'의 진정한 의미는 '여한 없이 쏟아 넣기'에 있다. 글을 쓰다 죽어도 한이 없다는 자세로 붓을 쥐어야 여한 없는 기운이 붓끝에서 나온다.

선승들이 수도할 때 벽력 같은 '할喝'이 내리꽂히곤 한다. 주장자가 할이 되기도 하고, 눈빛이 할이 될 수도 있다. 그 할에는 온몸의 정기가 완벽하게 담긴다. 할! 그 순간, 깨달음이 번개처럼 내리꽂힌다.

글도 그림도 마찬가지다. 한 순간 한 순간 머리끝부터 발끝까지 온몸의 정기를 끌어 모아 손에 집중해야 한다. 선화禪畵가 기화氣畵인 배경이다. 온몸의 기를 한곳에 모아 손으로 쥐는 '악'이 강하지 않으면 좋은 그림이 나올 수 없다. 기를 모아 악으로 쥐려면 오랜 세월 치열하게 정진하는 것만이 답이다.

비단 도를 닦는 일이나 예술 작업에 국한된 것은 아니다. 한 분야에서 오래도록 치열하게 정진한 사람들은 기를 모을 줄도 알고, 기가 떠나는 순간도 안다.

2012년 가을, 블라디보스토크 전시회를 준비하고 있을 때 경북 의령의 한지 보부상이 찾아왔다. 오랜만에 찾아온 그는 가지고 온 한지 한 보따리를 풀어 놓고 말했다.

"스님, 이게 제 마지막 보부장사입니다."

무슨 소리인가 물었더니, 나이가 들어 몸도 좋지 않고, 독감까지 심하게 걸려 오늘을 마지막으로 종이장사를 그만둘까 한다는 얘기였다.

그가 내놓은 마지막 종이. 감기에 걸린 몸으로, 팔릴지 안 팔릴지 알 수도 없는 종이를 들고 여기까지 찾아왔으니 도리 없이 살 수밖에 없었다. 풀어 놓은 한지를 거둬들이고 '건강이 제일이니 몸을 잘 보살피라'는 말과 함께 배웅했다. 왠지 모르게 마음이 쓸쓸했다.

그가 내려놓은 한지들을 옮기며 러시아 극동 지역의 추위를 떠올렸다. 그 옛날, 눈보라가 휘몰아치는 황량한 벌판에 내몰린 우리 민족들은 무슨 생각을 하며 하루하루를 견뎠을까.

추적추적 내리는 빗소리와 함께 붓을 드는데 적막감이 한없이 밀려들었다.

그날 마지막 한지를 내게 판 보부상이 세상을 떠났다는 연락이 왔다. 나와 마지막 거래를 하고 이쪽 삶을 마감한 것이다. 그날 그가 가지고 온 마지막 한지를 놓고 붓을 들었다. 무한 여백을 남겨 두고 하늘 끝에 새 두 마리를 넣어 '무사無事'를 그렸다. 보부상의 작품이다. 그의 삶도 한 편의 작품이었다.

그가 마지막으로 짊어진 한지들도 일종의 '악握'이다. 그야말로 여한을 다해 종이장사를 마친 보부상의 일생. 작품은 그런 것이다. 사람은 누구나 순간순간의 일을 마주한다. 직업적인 일이든 개인적인 일이든 무엇인가와 계속 마주한다. 그 마주하는 순간들을 '악'의 마음으로 임한다면, 누구나 자기의 작품을 만들어 가는 것이다.

석정 스님

2012년 12월 20일 자정이 다가오고 있었다. 누워 있던 스님이 눈빛으로 나를 불렀다. 스님을 일으켜 앉힌 뒤 팔과 다리를 주무르는 동안 스님은 눈을 감았다. 세수 84세, 법랍 72세의 일기로 입적한 석정 스님. 내게 수행하는 법과 그림의 세계를 전수한 스승은 그렇게 우리 곁을 떠났다. 떠나며 남긴 말씀이다.

"호사스러운 장례식을 하지 말고 세상에 알리지도 마라. 시신은 병원에 기증하라."

그 때문에 장례 절차를 일절 밟지 않고 빈소도 차리지 않았다. 세상에 알리지 않았지만 세상이 알게 되어 송광사에서 사십구재를 지냈다. 시신은 동국대학교병원에 기증했다. 생전에 이미 절친했던 일면—面 스님에게 장기를 기증하겠다는 약속을 해두었던 것이다. 일면 스님은 생명나눔실천본부 이사장이다.

석정 스님은 화통한 것으로는 나와 죽이 가장 잘 맞았고, 깨끗한 것으로는 나와 가장 상반되게 살았다. 너저분하게 늘어놓고 일하는 나를 보면 혀를 차며 고개를 내둘렀지만, 어디 맛있는 음식이 있다는 소식을 들으면 "수안아, 당장 가자" 하며 동지가 되어 주었다. 내가 오른손이면 스님은 왼손이었다. 스님과 내가 함께 있는 자리는 늘 시끄러워서 다들 자리를 피했다.

토굴에서 함께 수행할 때는 며칠씩 국수를 말아 먹어도 질려하지 않았다. 석정 스님과 나는 국수를 너무 좋아해 유명하다는 국숫집은 다 꿰고 있었고, 소문난 국숫집을 발견하면 함께 찾아갔다.

어느 해 여름, 계룡산 숯골에 냉면국수를 하는 곳이 있다는 말을 듣고, 당장 일어나 달려간 적도 있다. 강원도 출신 비결파들이 동학사 아래에 차린 국숫집이었다. 비결파는 『정감록』을 믿는 이들의 모임이고, 계룡산 동학사 자리는 3대 불입지처不入之處로 불리는 곳이었다. 3재를 피하는 곳이라는 『정감록』의 기록을 믿고 피난 온 이들이 숯을 팔아 생계를 꾸리던 곳이었다. 숯골 냉면국수의 독특한 맛을 잊지 못해 스님은 종종 숯골 국수 먹고 싶다는 말씀을 하시곤 했다. 스님과 함께하면 무엇이든 먹는 맛이 났다.

기존일미_{旣存一味}

기포쌍망_{氣胞雙忘}

다만 한 가지 맛이 있을 뿐,

배고프고 배부른 것 둘 다 잊었네.

스님의 선화를 가장 잘 표현한 시구다. 석정 스님 밑에서 불교 그림을 공부하던 제자가 1969년 부산에서 함께 전시회를 열면서 세상으로 나왔다. 내 그림을 자세히 보면 바로 석정 스님의 영향을 받은 것을 알 수 있다. 밝고 강한 색, 부드러움보다는 힘을 중시한 선, 오랜 정진을 바탕으로 기를 쏟는 선화 기법이 모두 그렇다.

스님이 평생을 강조한 말씀은 '선화는 수행이 배어 있어야 한다'는 것이었다. 그러니 선과 차와 그림이 이름만 다를 뿐 한 가지로 통해야 했다.

다선일여茶禪一如

화선일여畵禪一如

차와 선이 같은 것이고,

그림과 선이 같은 것이다.

화두를 들고 작업에 들어갈 때, 스님은 꼭 이렇게 말씀하셨다.

"공부한 것과 먹이 하나가 되어야 한다."

석정 스님은 1928년 금강산에서 태어났다. 일제에 항거하던 석두 스님과 여권 운동을 하던 신여성 이춘봉 여사 사이에서 태어난 외아들이다. 예닐곱 살 때부터 금강산 내 절들의 탱화를 그려 별명이 '금강산 신동'이었다. 열세 살에 송광사에서 출가했고, 곧장 일섭日燮 스님을 모시고 불화를 전수받기 시작했다. 스님은 평생을 불화에 심취해 우리나라 각지의 탱화를 남김 없이 돌아보고 연구했다. 옛 탱화의 색감에 감춰진 비밀을 밝혀내고, 손상된 불화들을 수리하고 보존했으니 불교 미술계에서도 큰 별을 잃은 셈이다.

절만 잘해도

나는 기도에 대한 확고한 신념을 가지고 있다. 그렇기 때문에 신도들에게 늘 기도하라고 권한다. 기도하면 이루어진다. 기도는 자신에 대한 도전이기 때문이다. 세상에서 가장 어려운 일이 자신과의 싸움이다. 자신과의 싸움에서 이기기 위해서는 반드시 기도가 필요하다. 자신과의 싸움에서 패배하면 바보나 다름없다.

40여 년 전, 내 소원은 마음 놓고 그림을 그릴 수 있는 작은 공간 하나였다. 운수납자로 떠돌다 보니 마음 놓고 그림에 몰입할 수 있는 단 한 평의 장소가 늘 아쉬웠다. 다른 스님들과 달리 바랑 하나로 살 수도 없는 입장이었다. 붓이며 종이며 벼루며 작업 도구를 새끼처럼 끼고 다녔기 때문이다.

　그런 내게 통도사 종무소에서 "축서암이 오랫동안 비어 있으니 잘
가꿔 보라"며 권했다. 기쁜 마음으로 와서 보니 달랑 법당 하나에
곁방 하나 달린 폐사였다.

　오랫동안 비어 있어서 지붕도 낡고, 천장도 무너지고, 벽들도 허
물어져 가고 있었다.

대신 절 뒤의 소나무와 대나무 밭은 하나의 그림이었다. 영축산의 위엄 있는 자태가 그 뒤에 떡 버티고 있어서 든든하기도 했다.

하루하루 무너진 절을 세우는 일을 했다. 기와를 손질하고, 천장을 올리고, 무너진 벽을 쌓으며 폐사를 살려 냈다. 허물어진 암자를 살리는 기쁨과 내 작업 공간을 만드는 기쁨에 젖어 몸뚱이의 피곤은 의식할 겨를이 없었다.

축서암을 다시 일으키면서 천일 지장기도를 했다. 나를 낳아 주신 아버지와, 통도사에 왔을 때 저세상으로 떠난 한 스님을 천도하기 위함이었다. 얼마 전에 스님 한 분이 불의의 사고를 당했었다. 그것을 목격한 뒤 나는 밤마다 악몽에 시달렸다. 그 스님에게 돈이 제법 있었다고 한다. 돈이 결국 죽음을 불렀으니 청정 비구들에 대한 부처님의 경고가 아닌가 싶었다.

밤마다 꿈에 나타나는 그 스님의 잔영이 아른거려 일을 하는 데도 애를 많이 먹었다. 그림을 그리기 위해 들어앉은 축서암에서 그림보다 급한 일은 그 죽음을 천도하는 일이었다. 1천 일의 염원을 담아 지장기도에 들어갔고, 염원은 끝내 이루어졌다. 기도가 끝났을 때 내 마음은 깨끗이 씻겨 있었고, 아버지와 그 스님은 극락왕생하였다.

일이 잘 되지 않을 때는 기도를 하면 된다. 간절한 염원을 담아 흐트러짐 없이 기도를 하면 뜻이 이루어진다.

기도는 의심을 허용하지 않는다. 의심하지 않는 만큼 분명한 결과를 만들어 준다. 한 치의 어긋남 없는 보상이 기도만큼 따른다. 그런 확신 없이 기도하라고 권할 수는 없다. 절만 잘해도 부처님이 보인다.

말의 향기

오랫동안 대화를 나누고 떠나던 한 보살이 말했다.

"스님, 귀한 시간 빼앗아 죄송합니다."

한마디 말을 하더라도 어떻게 표현하느냐에 따라 그 주변의 기를 바꿀 수 있다. 본인은 좋은 인사를 건네려 한 말이지만 상대가 오히려 불쾌하게 받아들이는 일을 종종 겪는다. 문화가 다른 나라에서는 그 같은 일이 더 많고, 같은 말을 쓰는 사람들 사이에서도 종종 일어난다.

사람은 어떤 단어를 자주 사용하느냐에 따라 얼굴이 달라진다. 사람들이 나누는 대화 중에 어떤 단어들이 많이 등장하느냐에 따라 그 주변의 향기가 달라진다.

똑같은 인사말인데 느낌이 전혀 달라지는 경우를 나는 자주 경험한다.

"스님, 귀한 시간 내주셔서 감사합니다."

'빼앗는다'는 단어 대신 '준다'는 단어가, '죄송하다'는 말 대신 '감사하다'는 말이 들어간 인사다. 같은 의미인 것 같지만 다르다. 똑같은 인사인데 왜 다를까? 마음속 깊은 곳, 말을 사용하기 이전의 마음이 다르기 때문이다. 빼앗으려는 마음을 갖고 있는 걸 들키지 않으려고 하는 말과 감사하다는 마음을 갖고 뭔가를 받아 가는 기분일 때 나오는 말이 다른 것이다.

그 보살만의 잘못이 아니다. 요즘은 사람들의 말이 너무 거칠다. 앞뒤 언어의 법칙도 맞지 않는 경우가 많다. 말이 되지 않는 말을 사용하면 생활도 말이 안 되게 된다.

요즘 자주 듣는 말 중 하나가 또 있다.

"미치겠어요. 미칠 것 같아요."

이런 말들을 지치지 않고 사용하다 보면 정말 미친다. 은연중 미쳐 가고 있기 때문에 미친 단어들이 쑥쑥 빠져나오는 것이다. 좋은 단어, 좋은 말을 고르는 연습이 필요하다. 좋은 의미, 좋은 표현을 반복하여 습관화하면 몸도 단정해지고 마음도 깨끗해진다.

"감사합니다. 고맙습니다."

이런 말을 자주 하면 행동도 반듯해지고 마음은 겸손해져 하는 일이 잘 풀린다. 말에도 자세가 있다. 삶의 자세를 바로하고 싶으면 자신이 쓰는 말부터 바로잡는 노력이 필요하다.

성안내는 그 얼굴이 수

한마디 미묘한 향이

진실한 그마음이 언제

ㅏ운 공양고요 부드러운 말
ㅏ 깨끗해 티가 엏ㅅ눈
ㄴ결같은 부처님 마음일세

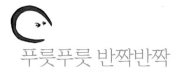

푸릇푸릇 반짝반짝

화실에 서서 백지를 하염없이 들여다보고 있는데, 갑자기 한지 창을 통해 들어오는 햇빛이 나를 유혹했다. 붓을 놓고 밖으로 나가니 봄의 향연이 천지에 가득했다. 상큼한 냄새가 코를 찔렀다. 냉이와 쑥의 향기였다. 푸릇푸릇한 땅 위에 온기가 느껴지고, 햇살이 유난스럽게 반짝여 괜히 눈시울이 뜨거워지기까지 했다.

나는 방으로 돌아가 칼을 찾아 들고 나왔다. 나무 밑 푸릇한 곳에 앉아 쑥 한 뿌리를 캐보니 살이 오동통하게 찐 것이 보기만 해도 군침이 돌았다. 자리를 옮겨 가며 쑥 캐기에 열중하고 있노라니 옛 추억이 되살아났다.

동안거를 끝낸 해제 뒤였다. 선방에서 생활했던 스님들이 모두 바랑을 지고 떠난 절이 졸지에 쓸쓸해진 것은 당연했다. 참선 삼매의 열풍이 일시에 사라지고, 절이 텅 빈 폐허로 느껴졌다.

그때 내 콧속으로 향긋한 내음이 날아들었다. 쑥 향이었다. 따사로운 봄볕을 받으며, 나는 쑥을 한 뿌리 한 뿌리 캐며 냄새를 맡았다.

"스님들 모두 모이세요. 쑥국을 끓여서 먹읍시다. 별 볼 일 없는 우리끼리 쑥국이나 먹읍시다."

그 소리를 듣고 갈 곳을 못 정해 남아 있던 몇몇 스님들이 모였다. 그리고 키득거리며 국물을 떠 마셨다.

그때를 생각하며 쑥을 캐는데 텃밭의 흙이 질퍽하게 밟혔다. 이 밭을 올해는 어떻게 하려나 생각하니 갑자기 시름이 찾아왔다. 그동안 방림보살이 혼자 애쓰며 일구었는데, 이제는 힘이 달려 농사를 못 짓겠다고 하는 것이다. 몇 해 동안 사람을 사서 농사를 지었는데, 시장을 봐오는 것보다 돈이 훨씬 많이 든다는 것이다.

"할 수 없지, 뭐."

말은 그렇게 했지만 다시 생각하니 이번에는 왠지 밭이 불쌍하다는 생각이 들었다. 밭에 작물이 자라지 않으면 을씨년스럽다. 밭 스스로도 놀기가 민망할 터이다. 밭이 무슨 죄가 있어 놀아야 한단 말인가.

"스님 쑥 다 캤어요? 빨리 가져오세요."

방림보살의 채근을 받고 그동안 캔 쑥을 한 움큼 손바닥에 모아 공양간으로 갖다 주었다.

"이것밖에 못 캤어요? 이것 가지고 향이나 제대로 날까 모르겠네. 그래도 실력이 많이 좋아졌네요. 예쁘게 다듬은 것을 보니."

방림보살의 입심에 쑥을 캐온 나는 머쓱한 기분이 들었다. 하지만 도리 없는 일이었다. 좋은 일 하고도 구박받는 것은 어쩔 수 없는 내 팔자인가 보다.

"지금 쑥이 문제가 아니라 밭이 문제네, 이 사람아."

향긋한 쑥국을 먹으며, 방림보살도 나도 한숨을 쉬었다. 푸릇푸릇한 대지와 반짝반짝한 햇살을 안고 한숨을 쉬다니. 죄는 노는 밭에 있는 게 아니라 한숨을 쉬는 인간에게 있음이 분명하다.

그림의 소원

서울 인사동 골목을 지나가는데 낯익은 느낌이 들어서 걸음을 멈추었다. 한 골동품 가게 입구에 내 그림이 걸려 있는 것이었다. 단정하게 표구되어 있는 것도 아니고, 벽에 붙어 있는 것도 아니었다. 물에 젖어 선반 위에 후줄근하게 널려 퍼덕이는 그림이 아무리 봐도 내 그림이었다.

나는 그림을 손에 들고 가게로 들어가 물었다.

"이 그림, 파는 겁니까?"

주인이 의아한 눈빛으로 나와 그림을 번갈아 보았다.

"왜요, 스님께서 사시려고요?"

"예, 그런데 얼마나 합니까?"

"이게 말입니다, 수안 스님이라고 꽤 유명한 분의 작품이거든요.

제가 실수로 물에 빠뜨린 것을 말리고 있습니다만 값이 만만치 않습니다."

그림을 살 만한 돈이 있느냐는 눈치였다.

그때 누군가가 가게에 들어서며 나에게 합장을 했다.

"수안 스님 아니세요? 여기서 뵙게 되다니 정말 반갑습니다."

주인의 눈이 휘둥그레지며 그림과 나를 또 번갈아 보았다.

요즘에는 그런 일이 종종 생긴다. 가끔은 내 그림의 복제판도 보이고 거기에 낙관까지 기막히게 복제해서 찍어 놓은 것들도 있다.

본격적으로 그림을 시작할 때 나는 큰 원을 세우고 기도했었다.

'부처님의 마음을 전하는 제 그림이 남북한 5천만 동포 모두에게 전해져 불국토를 이루게 해주십시오.' (그때만 해도 남북한 합쳐 5천만 이었는데, 이제는 7천만으로 꿈도 성장했다.)

그러고 나서 가만히 생각하니 참으로 허황된 기도였다.

하루에 한 장씩 쉬지 않고 그리면 어떻게 되나. 1년에 365장, 10년 이면 3650장. 하루에 열 장씩 그린다고 해도 100년에 36만 5천 장, 100장씩 그린다고 해도 100년에 365만 장. 그렇게 1천 년을 그려도 소원의 절반이나 이룰까. 한숨이 나오는 일이었다.

그런데 기도는 결국 성취되는 것임을 요즘 실감하고 있다. 여기저기에서 내 그림 복제판이 나돌고 있기 때문이다. 진본이 아니라도 내 그림이라고 믿으며 소장하면 그에게는 내 그림 아닌가.

통도사에서 발행하는 월간 법보지 『등불』의 표지에 내 그림이 매달 실리고 있는데, 그것이 모두 신도들에게 들어간다. 『등불』지를 통해 1년이면 내 그림이 수십만 장씩 집집마다 전해지는 것이다. 인쇄된 것이라도 수안 스님의 그림으로 보고 위안 삼으니 그것 역시 내 그림이다.

시인이나 수필가들이 작품집을 낼 때, 표지화나 본문에 들어갈 그림을 부탁해 오는 경우도 있다. 그 책들이 적게는 수천 권에서 수만 권, 베스트셀러라도 된다면 수십만 권 팔릴 테니 내 그림이 그렇게 각 가정으로 돌아가는 셈이다. 종이 공방이나 도자기 공방에서도 내 그림을 넣어 작업을 시도하는 일이 늘어나 책의 경우처럼 번져 가는 형편이다. 그뿐 아니다. 유니세프에서 내 그림으로 엽서를 만들어 세계 시장에 공급하고 있으며, 외국의 교민 사회나 사찰에서도 내 그림을 요청해 오곤 한다. 그러니 이젠 한국의 범위를 벗어난 셈이다.

생각해 보니 그림 7천만 장의 꿈이 결코 헛된 것이 아니었다. 이제 남은 것은 어떻게 전국의 가정에, 또 북한의 동포들에게 골고루 전달하느냐 하는 것뿐이다. 기도하면 이루어지고, 간절히 염원하면 뜻은 이루어지는 것이다.

극적인 순간

모든 예술 활동에는 극적인 순간이 있다. 전문 언어로 말하면 절정의 순간이다. 시를 쓰고, 그림을 그리고, 전각을 하면서 나는 순간순간 그 극적 체험을 한다. 그 절정의 순간에는 나도 모르게 "캬!" 하는 단말마가 나온다. 내가 그리고 내가 감동한다. 내가 써놓고 내가 취한다. 때로는 흥에 겨워 노랫가락까지 나온다. 바로 그 맛에 예술을 한다.

그때마다 이 세상의 모든 가짜들에게 존경심이 인다. 극적인 순간을 체험할 때 터져 나오는 "캬!"의 세계가 가짜들에겐 없기 때문이다. 남의 것을 흉내 내고 모사하는 가짜들은 도저히 맛볼 수 없는 맛. 그런데도 세상에는 수많은 가짜들이 넘친다. 요샛말로 '짝퉁'이

라는 것들이 진짜와 구별되지 않을 정도로 정교하다. 그렇게 치밀한 가짜를 만들어 내는 과정이 얼마나 고통스러울까. 그렇게 치밀하게 가짜를 만들어 내는 사람들이 정말 존경스럽다.

세상에서 가장 힘든 일이 감동 없는 노동이다. 어떤 일도 어떤 작업도 감동이 없다면 힘이 두 배, 네 배, 여덟 배로 배가된다. 마침내 스스로 지쳐 버린다. 삶이 누더기처럼 구겨진다. 가짜는 그래서 힘들다.

예술가의 절정도 그냥 찾아오지는 않는다. 오랜 기간 무한정진을 한 뒤에 가질 수 있는 진귀한 수확이다. 기를 한곳에 모아 토해 낼 때의 희열, 장시간의 수련 없이는 맛볼 수 없다. 매력적이고 치명적이고 유혹적이다.

그 맛을 어떻게 설명할까. 무당이 접신하는 순간과 같다면 될까. 가수가 노래를 부를 때 어느 순간 관객마저 잊고 노래에 빠질 때라면 비교될까. 기독교인이 기도를 하면서 어느 순간 무아지경 방언을 터뜨리는 것과 비슷할까. 흥이 최고조에 달했을 때, 인간의 경지를 일시적으로 벗어나는 경우를 누구나 경험한다. 무언가에 최고조로 집중해 흥의 절정에 이르면 자기를 놓아 버리기 때문이다.

그 절정의 맛을 스스로 조절하고, 주체적으로 승화시키는 것이 창조이고 예술이다. 가짜들은 맛볼 수 없는 세계, 맛도 느끼지 못하면서 괴로운 노동을 반복한다는 것이 한편으로는 경외감을, 한편으로는 연민을, 또 한편으로는 아쉬움을 불러일으킨다.

사실 가짜를 진짜와 똑같이 만드는 것도 기초가 없으면 불가능하다. 기초뿐이겠는가. 복제도 숙련된 기법을 가진 이들만이 가능하니 어찌 보면 그들의 수련 과정도 가볍게 볼 일이 아니다. 때를 못 만난 불운도 있고, 극적인 순간에 포기한 아쉬움도 있다. 물이 펄펄 끓기 직전에 불이 꺼져 버려 임계점을 놓친 이들도 수없이 많을 터이다.

가짜 스스로도 연민과 아쉬움은 남아 있을 터, 그보다 중요한 것은 자신이 쌓아 올린 공력을 스스로 부정하는 데 있다. 자기 재능을, 자기 능력을, 자기 심성을 스스로 부정하는 데서 가짜 인생이 시작된다.

모든 가짜들의 상당수가 임계점 직전에 불을 꺼뜨린 이들이다. 그 불을 누가 껐을까. 이 혼탁한 세상에는 잘못된 교육과 혼란한 정치, 불순한 환경이 다 개입돼 있는 것이다. 그럼에도 불구하고 본인의 책임은 피할 수 없다. 불은 늘 꺼질 수 있다. 꺼진 불을 다시 살리느냐 포기하느냐, 그것이야말로 죽느냐 사느냐의 선택이다.

머물다 떠나는 곳

내게 유일한 그림 제자가 있었다. 지구 반대편 아일랜드에서 건너온 화가였다. 긴 머리에 수염을 기르고 푸른 눈을 가진 몰카히가 우여곡절 끝에 나를 찾아와 상좌 비슷한 생활을 한 적이 있다.

우선 그의 얘기를 들어 보면 인연이 참 기묘하고 얄궂다. 그는 마흔다섯 살 아버지가 스무 살 여인과 만나 세상에 태어난 늦둥이였다. 그가 철들기도 전에 젊은 어머니는 세상을 떠났다. 아버지 역시 불의의 사고로 세상을 떠났다. 벽난로 앞에서 잠들어 있다가 불 속으로 넘어져 목숨을 잃었다고 한다.

몰카히는 성장한 뒤 화가가 되었다. 세계 각지를 유랑하듯 떠돌며 그림을 그렸다. 그러던 그가 전혀 새로운 죽음의 세계를 접한 것은 인도 여행길이었다.

"갠지스 강가에서 장례를 치르는 광경을 본 일이 있습니다. 참 이상했어요. 장례를 치르는 가족들의 얼굴에서 슬픈 기색을 찾아볼 수가 없는 거예요. 오히려 아버지의 죽음을 기쁨으로 받아들이는 초연한 자녀들의 모습을 보고 참 신기하다고 생각했습니다."

삶과 죽음의 인식이 새롭고 낯설었던 것이다. 그는 동양적 사유에 궁금증이 일어 불교를 알아야겠다고 생각했다. 그러다 우연한 기회에 프랑스 문화원에서 나온 책자에서 내 이름을 발견했다. 파리 전시회 그림을 책자로 보는 순간 만나고 싶다는 생각이 들어, 한국을 방문한 것이었다. 공교롭게도 그 시기 몰카히의 친구가 주한 아일랜드 대사로 부임해 있었다.

주한 아일랜드 대사 부부가 저녁 만찬에 나를 초대했다. 몰카히가 원했기 때문이지만, 나는 그를 전혀 알지 못했다. 호기심 반 예의 반으로 응한 만찬 자리에서 푸른 눈의 서양인 화가와 마주쳤다. 가볍게 인사를 나누고 만찬을 마친 뒤, 그는 나를 따라나섰다. 1년쯤 기간을 갖고 그림 사사를 하겠다는 제의를 내가 받아들인 것이다.

말도 통하지 않는 그에게 우선 불명佛名을 하나 지어 주었다. 섬나라에서 왔으니 섬 도島, 불교와 예술을 배우겠다고 하니 공空사상을 깨우치라는 의미로 도공島空이라는 이름을 붙여 주었다.

나는 틈만 나면 큰 소리로 그 이름을 불렀다.

"도공아!"

그러면 그도 아주 큰 소리로 대답했다.

"예에."

"내가 누구인고?"

그는 더 큰 소리로 대답했다.

"대가이십니다."

그때마다 사람들은 모두 왁자하게 웃었다. 웃자 하는 대화이긴 하지만 '나는 누구인가'는 중요한 질문이다. 종교도 예술도 배움의 출발이 그로부터 시작된다. 나는 누구인가?

도공 몰카히는 아주 큰 기대를 안고 나를 찾았던 것 같다. 신비한 동양 사상을 깨닫고, 그것에서 발현되는 선화를 당장 익힐 줄 알았을 것이다. 하지만 내가 도공에게 가르쳐 줄 것이 딱히 없었다. 그저 먹이나 갈게 할 뿐.

"먹을 갈아라."

내가 붓을 잡을 때 도공은 먹을 갈았다. 처음에는 먹을 신기하게 여기며 열심히 갈았지만 고작 며칠이었다. 먹 가는 일에 싫증을 느끼고 자꾸 그림에 대해서 물었다.

그렇다고 무엇을 가르칠 수 있겠는가. 선화禪畫는 말이나 실습, 기

교로 전수되는 게 아니다. 마음의 자세와 붓의 흐름을 보여 주는 것
이 내가 줄 수 있는 전부였다.

"그런 건 필요 없다, 먹이나 갈아라."

며칠 지나지 않아 그는 먹이라면 질색을 하게 되었다.

"저는 그림을 배우러 왔지, 먹을 갈러 온 게 아닙니다."

"시끄럽다, 먹이나 갈아라."

시간이 지나면서 도공은 내 방 출입을 꺼렸다.

그러다 보니 자연 방림보살만 괴로워졌다. 방림보살은 그에게 차
를 가르치며 차 맛을 알려 주었다. 1년 동안 도공은 자신의 새 이름
인 '島空'을 1만 번 이상 썼고, 동그란 원을 그만큼 반복해서 그렸다.
그것이 그가 배운 그림의 전부였다.

1년 뒤, 우리는 서울 인사동의 덕원미술관에서 합동 전시회를 가
졌다. 도공의 그림은 한 점도 남지 않고 인기리에 팔렸다. 전시회 수
익금은 전액 불우이웃돕기 성금으로 기탁했다.

이튿날 아침 도공은 공항으로 떠났고, 나는 암자로 내려왔다. 절
은 머물다 떠나는 곳, 나 또한 언젠가는 떠날 자리. 작업실에 들어가
오랫동안 먹을 갈았다. 반복해서 원도 그렸다.

우리라는 말

망망대해茫茫大海라는 말이 왜 나왔는지 실감하려면 울릉도 행 배를 타보면 된다. 어느 해 여름 포항에서 배를 타고 울릉도를 가는데, 가도가도 끝이 없었다. 울릉도까지 가는 뱃길에 정거장이 있을 리 없으니 배도 사람도 지겨울 듯싶었다.

하지만 꼭 그렇지도 않았다. 동서남북 어디를 둘러봐도 수평선이요, 가도가도 푸른 물의 연속이었지만 내게는 한 곳 한 곳이 육지에서 지나치는 마을들처럼 남다른 동네로 느껴졌다. 마을마다 이름이 있고 그 고장 특산물이 있듯이, 바다에도 그런 것이 있을 것 같았다.

어부들은 알고 있을 것이다. 그래서 바다 곳곳에 지명을 붙이고, 시시때때로 변하는 어장의 흐름을 파악하고 있는 것이다. 바다를 아는 사람들은 수평선만 보는 것이 아니라 저 밑바닥으로 흐르는 도도

한 물의 기류와 어패류의 이동까지 눈에 선할 것이다.

　　울릉도는 커다란 대륙처럼 나타났다. 지도에는 콩만 한 점으로 찍혀 작은 섬처럼 외롭게 보이지만, 막상 바다에서 마주치니 그것은 또 하나의 대륙이었다. 거기에 우리와 똑같은 옷을 입고, 똑같은 말을 쓰는 우리나라 사람들이 살고 있었다. 반가웠다. 울릉도 사람들에게서는 육지에서 만나는 사람들과 사뭇 다른 반가움이 느껴졌다. 그야말로 '우리'라는 말이 새로웠다.

　　우리는 문화사절단의 이름으로 독도의 경찰 아저씨를 위문하러 가는 길이었다. 안내하는 분이 독도로 이동한다는 말을 했다.

　　"이제 우리는 외롭게 떨어진 독도로 이동합니다. 독도를 지키는 우리 경찰아저씨에게 따뜻한 위로를 전합시다."

　　말하는 동안 내내 '우리'라는 낱말이 귀를 콕콕 찔렀다. 평소에 아무 생각 없이 내뱉던 말이었는데, 왜 이곳에서는 이처럼 크게 가슴을 울리는가. 나는 가슴이 울렁거렸다.

　　또다시 망망대해를 지나고 한참을 이동했다. 마침내 눈앞에 독도가 나타나고, 총을 든 경찰의 모습이 보였다. 그러자 "이야, 우리 경찰, 우리 땅이네" 하는 말이 절로 나왔다. 그때 비로소 '우리'가 참 크고 높고 넓은 말이라는 것을 알았다. 그 작은 섬 독도에서 그 큰 우리를 배운 것이다. 우리라는 말은 넉넉하고 믿음직하다. 우리 아버지, 우리 어머니, 우리 아들딸들은 물론 우리 강산, 우리 산천초목들까지 모두 넉넉하고 믿음직하다. 울릉도와 독도가 없었더라면 내가 어찌 '우리'를 새롭게 생각할 수 있었을까. 나는 감사했다. 경찰 아저씨를 위문하러 가서 거꾸로 위문을 받고 온 것이다. 오나가나 감동적인 뱃길이었다.

좋아야 한다

'참 좋다. 할 일이 많아서 너무너무 좋다.'

내 그림에 자주 등장하는 문구다. '좋다'는 말이 좋은데, 좋아도 너무 좋다. 그것으로도 부족해 너무너무 좋다고 쓴다.

억지로 해야 하는 일은 참 힘들다. 그림을 원하는 곳이 많아 간혹 억지로 작업할 때가 없는 것은 아니다. 옛날에는 밤샘 작업도 많이 했지만 점점 나이가 들고, 과거처럼 체력도 원활하지 않다 보니, 요즘에는 억지로 하는 작업은 삼간다. 영감이 떠오를 때, 그리고 싶고 붓을 잡는 게 즐거울 때만 일한다.

해마다 세밑이면 통도사 스님들이 많은 그림을 요청해 온다. 사부대중이 모여 윷놀이를 하고 성적에 따라 상을 주는데 그 상으로 내 그림이 쓰인다. 연례행사이기 때문에 으레 하는 양만큼 그림 요청을 해오는데, 올해는 많이 못 그린다고 선언했다. 그러고 보니 해마다 그림 선물이 줄어들고 있는 것 같다.

그래도 할 수 없다. 억지로 그린 그림보다 즐거운 마음으로 그린 그림을 받아야 받는 이도 즐겁기 때문이다.

우리는 누구나 자기 할 일이 있다. 수행을 하고 그림을 그리고 신자를 맞이하는 것이 내 일이듯 각자 맡은 일이 있다. 스스로 좋아서 하는 일도 있고, 어쩔 수 없이 맡겨진 일도 있을 것이다. 그 일을 기왕이면 즐겁게, 좋아서 흥분할 정도로 심취하는 게 중요하다. 일이 즐겁고 좋으면 잘하게 된다. 일에 연관된 것에 관심과 호기심이 발동하고, 그것을 충족하기 위해서 노력하게 된다. 노력은 새로운 것을 알려 주고, 새 지식이 생기면 또 일이 즐겁다. 그렇게 일이 이어지고 엮어지면서 성공하는 것이다.

내가 그림을 그리는 방법도 그렇다. 즐겁게 그리는 가운데 궁금증과 호기심이 끝없이 발동하고, 그걸 해결하기 위해 많은 관찰과 탐색을 한다. 나무 한 그루를 그리는데 매번 똑같이 그린다면, 그리는 이도 지루하고 보는 이도 지루할 것이다. 그러니 나무를 자꾸 관찰하게 된다. 새를 관찰하고 탐색하고, 하늘을 관찰하고 탐색하면서 새로운 작품이 탄생하는 것이다.

어디 그림뿐이겠는가. 신자들과의 대화도 마찬가지다. 스님이라고 해서 매번 똑같은 법담을 반복하면 하는 이나 듣는 이나 지루하고 졸릴 것이다. 그러니 세상사 돌아가는 변화를 자꾸 관찰하게 된다. 차를 마시고, 함께 얘기하고, 법담을 나누는 것도 즐거울 때와 억지로 할 때가 크게 다르다. 그러니 일을 할 때는 즐겁게 해야 한다. 이 일이 있어서 참 좋다, 정말 좋다, 너무너무 좋다는 마음으로 말이다. 일에 지치면 실패하고 일이 좋아 미치면 성공한다.

명산에 샘물이있
고 맛 있는 차있고
그리드못이죽그차

우담바라

엄마 아빠의 손을 잡고 온 아이가 내게 절을 한
다고 몸을 구부리다가 물감 그릇을 엎지른 적이 있
었다. 한쪽에서는 그림을 그리고, 한쪽에서는 차 대
접을 하며 손님을 맞던 때의 일이다. 부모는 당황해
서 걸레를 찾아 어쩔 줄 몰라 하고, 아이는 그런 부모
의 눈치와 내 눈치를 번갈아 보았다.

한지 위에 퍽 엎어진 붉은 물감이 눈밭에 쏟아진 피 같았
다. 나는 붓을 들어 그것을 휘저었다. 하얀 종이 위에 물감을
둥글둥글 굴리고, 바깥에는 잎을 달고 한가운데에는 꽃술을 심어
넣었다.

花中花

"참 좋다. 애야, 이건 우리 둘이 합작한 그림이다. 그치?"

고개를 끄덕이며 그림을 받는 아이의 얼굴에 웃음이 가득 번졌다. 녀석은 신기한 듯 자꾸 그림을 들여다보았다.

"스님 솜씨가 참으로 좋네요. 이건 무슨 꽃인가요?"

아이의 엄마가 물었다.

"이것은 우담바라라는 꽃이오. 3천만 년 만에 한 번 피기 때문에 아무나 볼 수 없는 꽃이지요. 오늘 바로 그 꽃을 보았으니 얼마나 큰 행운이오?"

아이와 부모는 그 말을 진실하게 받아들였다. 내가 그려 준 우담바라를 들고 나서는 그들의 뒷모습에 흡족하고 감격적인 기운이 엿보였다. 그 그림을 갖고 있는 동안 그들은 자비심이 발동해 보살행을 실천할 것이라는 생각이 들었다. 아이는 그 꽃을 보고 방긋방긋 웃으며 성장할 것이다. 이것이 내가 그림을 그리는 이유이다.

학 마을

한겨울, 영축산에 눈이 덮이고 날씨가 쌀쌀해지면 일본 홋카이도가 떠오른다.

천지가 온통 눈으로 하얗게 덮인 홋카이도의 설산과 수많은 학들이 날아오르는 설강은 한 편의 장엄한 파노라마다. 그때의 깊은 감동의 물결이 온몸을 덥힌다. 쌀쌀한 날씨에도 불구하고, 가슴에 지펴진 뜨거운 기운이 온몸으로 번진다.

이 장엄한 풍경을 누가 만들었을까. 저들은 누구이고 나는 누구인가?

'대방광불화엄경 나무 관세음보살.'

힘차게 오르고 내려앉으며 날갯짓하는 학들과 오로지 그들만을 위해 존재하는 듯한 산과 계곡과 강물에서 장엄한 우주의 섭리가 잡힐

듯하다.

세상의 모든 풍경에는 비밀이 있고, 이야기가 있다. 움직이고 멈춰 있는 것들마다 사연이 있고, 메시지가 있다. 나는 그것이 알고 싶다. 이것이 이번 스케치 여행을 떠나는 이유이다.

홋카이도 여행의 절정인 학 마을. 이곳에는 슬픈 이야기가 있다. 일본에서 학 사냥이 금지된 것은 그리 오래된 일이 아니다. 사무라이 중심 문화가 오늘날까지 뿌리박힌 일본은 겨울마다 국왕의 학 사냥이 관례처럼 되어 있었다고 한다. 광활한 대자연에서 학들이 날아오르는 장엄한 광경은 상상만으로도 흥분되지 않을 수 없다. 이때 어디선가 쾅, 쾅 총소리가 울려 퍼진다. 창공을 날아오르던 학들은 비명을 지르며 하늘 곳곳으로 흩어지고, 그중에서 총에 맞은 학 한 마리가 긴 목을 늘어뜨리고 땅바닥에 추락한다. 사냥을 나온 국왕의 무리들은 함성을 지르고 박수를 치며 늘어진 학의 목을 움켜쥐고 다닌다.

그 잔인무도한 인간들은 한 번의 즐거움을 위해 잔인한 살육을 해마다 벌였다.

이를 막아 낸 사람은 한 초등학교 여선생이다. 학의 생명을 해치는 저급한 놀이를 멈춰야 한다는 탄원을 하고, 시민사회와 함께 학

사냥 금지 운동을 벌였다. 오래된 문화와 관습을 표방한 국왕 일가의 방어가 있었지만, 자연과 생명을 살려야 한다는 공론 앞에 일본 국왕은 마침내 항복하게 되었다.

초등학교 선생 한 사람이 수많은 군락을 이루며 살아가는 고귀한 학들의 생명을 살려 낸 것이다. 그런 논란과 분쟁을 벌이는 동안 홋카이도 학 마을은 저절로 홍보되었다. 그동안 아무도 찾지 않던 그 지역 경제에도 큰 보탬이 되었다. 그 때문에 나 같은 한국인 화가 스님도 호기심을 안고 찾아오게 되었다.

오래된 관습이라고 해서 무조건 수용할 가치가 있는 것은 아니다. 문화는 가치가 있어야 보존되고 기록되는 것이다. 문화는 인간의 사고를 작동시켜 새롭게 창조해 내고 변화시킨다. 파괴하고 죽이는 행위를 문화로 부를 수는 없다.

나는 그 여선생을 한 번도 본 적은 없지만 모습이 학을 닮았으리라 생각한다. 학처럼 곱고 단아하며 깨끗한 사람일 것 같다. 일본은 그녀와 같은 사람을 닮아야 한다.

꽃신

요즘은 겨울에도 딸기와 참외를 먹을 수 있고, 가을에 봄나물을 먹을 수 있다. 하지만 나는 가급적이면 계절에 맞는 음식을 먹으려고 한다. 몸의 건강도 그렇지만 정신 건강에도 좋기 때문이다. 사람도 자연의 일부이다. 그러니 자연의 흐름에 맞춰 살아가야 건강하다.

어느 해 세밑이었다. 부산의 '황금고리' 회원들이 세배하러 왔는데, 손에 딸기와 케이크가 들려 있었다. 귀한 것을 사온 것이다. 계절 음식은 아니지만 딸기도 케이크도 맛있게 먹었다.

'황금고리'는 부산에 사는 지체 부자유자들의 모임이다. 서로 의지하며 살고자 만든 모임이 아니라, 남을 돕고 살자는 취지로 만든 모임이다. 이 모임의 회장인 장향숙 씨는 하반신 마비로 인해 앉아 있는 것이 엎드려 있는 것과 똑같다. 휠체어를 타고 다니는데, 휠체어를 밀어 주는 사람도 장애인이기 때문에 보통 사람이 움직이는 시간의 열 배쯤 더 걸려야 일반인과 같은 일을 해낸다.

내 방에 들어올 때도 나갈 때도 그랬다. 다른 사람이 신발을 벗고 문을 열고 들어와 앉는 데 1분이 소요된다면, 이들은 10분쯤 걸렸다.

이들에게 풍류차를 대접하며 오랫동안 얘기를 나누었다. 귀한 벗을 만나면 차 맛도 좋아진다. 절 마당에 갓 피어나고 있는 청매화 꽃잎을 따 작설 찻잔에 띄워 놓고 그 향을 음미하면 멋이 절로 솟는다. 머리가 맑아지고, 세상사 모든 설움이 사라진다.

"스님, 이 차를 마시니 화전놀이하던 생각이 간절합니다."

장 회장이 말했다.

"그거 좋지. 언제 또 한번 하지 뭐."

어느 해 봄, 즉흥적으로 화전花煎놀이를 벌인 적이 있다. 황금고리 회원들이 방문한 날, 법당 앞에 자리를 펴고 찹쌀떡을 구웠다. 그 떡 위에 두견화 꽃잎 몇 개를 떨군 뒤 맛과 향을 음미하며 보낸 한나절. 봄볕은 무르익었고, 장애인들의 웃음은 그치지 않았다. 급할 것 없는 유유함으로 찹쌀떡 향기를 맡으며 봄날 정겨운 햇빛을 음미했던, 감미로운 날이 새삼 그리웠다.

　그때 장 회장의 나이가 마흔 무렵이었는데, 볼 때마다 얼굴에 미소가 만발하고 소녀처럼 피부도 고왔다. 생긋생긋 웃으며 말하는 얼굴들은 모두 어린아이로 돌아간 듯했다.

　옛 시절을 추억하는 동안 해가 저물어 갔다. 하산하기 위해 일어서는 일행들이 서로를 부축하며 천천히 마루로 나갔다. 마루로 나가는 데 한참 걸린 후 다리를 내려 신발을 신는 데 또 한참, 휠체어를 가져와 몸을 옮기기까지 또 한참이 걸렸다. 가지런히 다리를 모은 모습을 보며 물었다.

"그대는 평생에 신발을 몇 켤레나 가졌는가?"

휠체어에 올라앉은 장 회장이 방금 신은 검정 구두를 내려다본 뒤 환하게 웃으며 말했다.

"세 켤레요. 어렸을 때 아버지를 졸라서 신발을 하나 얻었었는데, 그 첫 번째 선물이 꽃신이었지요. 남들처럼 나도 신발을 신고 싶다는 생각이 간절했거든요. 그 꽃신은 신는 것이 아니라 그냥 보고 손으로 만지면서 갖고 노는 것이었어요."

"히야, 그러면 그대는 고작 세 켤레의 신발을 갖고 남들보다 훨씬 다용도로 사용했네."

"호호, 그렇네요. 남들은 신고 다니기만 했으니까요."

어둠이 내리는 절 마당, 청매화 아래에서 모두들 웃음보를 터뜨렸다.

"조심해서 내려가고 자주 올라오거래이."

귀엽게 생긴 티코 승용차 안에서 장 회장 일행은 내게 손을 흔들었다.

사람 보내기를 다반사로 해왔는데도 그들이 떠나니 갑자기 적막 산사라 여겨졌다. 날은 어두운데 눈은 왜 이리 따끔거리는지.

스님과 소녀

봉오리가 익을 둥 말 둥, 갓 피어난 매화송이 같
은 소녀가 물었다.

"스님, 니 몇 살이고?"

"니는 몇 살이냐?"

"나? 나는 다섯 살이다."

"그래? 나도 다섯 살이지."

우리는 그렇게 친구가 되었다.

만일 옆에서 보고 있던 소녀의 부모가 "스님에게 무슨 버
릇없는 말이냐"며 핀잔했다면 나는 이렇게 말했을 것이다.

"거, 무슨 버릇없는 가르침이오?"

소녀와 내가 아무 거리낄 것 없는 친구가 되었는데, 그것을 가로

막는 예의를 주입하려 든다면 그것이야말로 무례이며 잘못된 자녀교육이다.

어떤 지점에서는 세간의 모든 지식과 관념들을 털어 버릴 필요가 있다. 어떤 때는 살아온 모든 세월과 관록의 찌꺼기를 벗어던질 필요가 있다. 그렇게 알몸이 되어 다시 시작하는 마음이 삶을 풍요롭게 만든다. 물론 계기가 필요하다. 종교와 예술이 그 역할을 해야 하고, 무엇보다 자기 스스로 그것을 만들어야 한다.

내가 일하는 문수원과 내가 그린 그림들이 계기가 된다면 더 바랄 나위가 없겠다. 그러나 늘 부족함을 느낀다. 다섯 살도 부족해서, 나는 갓난아기의 눈과 마음을 갖고 싶어 끝없이 나를 비워 간다. 선禪, 차茶, 붓, 먹, 칼, 돌, 나무 들과 함께 애인처럼 싸우기도 하고, 부모 자식 사이처럼 부둥켜안기도 하면서 산다.

5천만 장의 그림을 그려 남북한 모든 동포의 가슴에 불심을 안겨 주겠다고 기도한 것이 40년 전인데, 그사이 식구가 더 늘어 7천만이 되었으니 붓질을 더 부지런히 해야겠다는 생각이 든다.
더 부지런해야 할 이유가 그것뿐만은 아니다. 삶이 너무 곤고한 까닭이다.

피곤하고 곤궁하고 곤곤한 표정들이 절에 오는 사람들의 얼굴에 비칠 때마다 나도 곤혹스러워진다. 경기가 안 좋다는 말들을 입에 달고 사는데 경기를 좋게 할 능력이 없는 것이다. 그런 이들에게 나는 말한다. 어제의 먼지를 빨리 털어 내라. 어제는 지나갔다. 지금, 바로 눈앞의 것들을 사랑해라. 그로써 내일이 밝아지는 것이다.

발원

부처님

나의 시詩가 열릴 적마다

귀신도 놀라고

산山꿩의 울음도

그치게 하며

여우의 간교한 웃음을 멈추게 하는

그런 시詩가 열리게 하소서.

봄의 풀밭에는 꽃망울 열게 하고

나비와 벌 날으며 춤추고

작은 새들도 모여들어

저마다 고운 목소리로

화음 맞추어 노래하는

그런 시詩가 풍년들게 하소서.

모나고 비뚤고 삼각진 마음에

씀씀이가 둥글고 커다란

일원상—圓相 되게 하는

그런 시時가 충만하게 하소서.

소원이 있다면

나를 비우는

나를 비워 버리는

충만한 법계法界의 법고法鼓처럼

소리 높이 퍼져 가는

자비慈悲 그 자비慈悲만이 가득한

그런 시時가 되게 하소서.

아름다운 선물

초판 1쇄 발행일 • 2014년 3월 30일
초판 2쇄 발행일 • 2014년 4월 5일
지은이 • 수안
펴낸이 • 임성규
펴낸곳 • 문이당

등록 • 1988. 11. 5. 제 1-832호
주소 • 서울시 성북구 동소문동 4가 83 청구빌딩 3층
전화 • 928-8741~3(영) 927-4990~2(편)
팩스 • 925-5406
ⓒ 수안, 2014

전자우편 munidang88@naver.com

ISBN 978-89-7456-477-3 03810

값은 뒤표지에 표시되어 있습니다.